御曹司を懲らしめようとしたら、純愛になりました。

Suzuna & Seiichiro

ひなの琴莉
Kotori Hinano

EB
エタニティ文庫

目次

御曹司を懲らしめようとしたら、
純愛になりました。

第一章　東京《とうきょう》は怖いです

東京の人は、何かに追われているのか歩くのがとても速い。

時間すらものすごいスピードで流れているような気がする。

ぼんやりと空を見上げると、高層ビルばかりが目に入り、自分の存在がちっぽけに思えた。

少し立ち止まるだけで、あっという間に人波に呑み込まれる。スマホで地図を確認していると、誰かとぶつかってしまった。

「すみません」

謝ろうと頭を上げたが、衝突した相手はもういない。

「お姉さん、こういう仕事興味ない？」

別の方向から声をかけられ振り返ると、スーツを着た男性が人のいい笑みを浮かべて立っていた。

差し出された名刺をつい受け取ってしまう。

「話だけでも聞いてみない？　時給も奮発するから」

垢抜《あかぬ》けない私に声をかけるなんて……これは、もしかしたら危ないスカウト？

ニヤリと笑った顔が怖い。断ったら態度を豹変《ひょうへん》させそうだ。うっかり立ち止まったのがまずかった。

「今、時間がないので」

「じゃあ、明日はどう？」

「急いでいるので、すみません」

私は逃げるようにその場から立ち去った。

しばらく早足で歩いていると、今度はポケットティッシュを渡される。これは使い道があるからと躊躇《ちゅうちょ》なく受け取ったが、セクシーな格好をした女の子の広告がついていた。

東京って、怖い。来なきゃよかった。

でもどうしても、あれ以上札幌《さっぽろ》では暮らせなかったのだ。

どこにいても、何をしていても、最近別れた元彼との思い出が浮かんできてしまうから……

生活する場所を変えたとはいえ、心の傷はそう簡単には癒《い》えない。けれど、私は過去を忘れて生まれ変わりたかった。

なんとか待ち合わせの恵比寿《えびす》駅にたどり着いて、仕事帰りの会社員の姿を眺めながら友人の到着を待つ。

平日だというのに、駅周辺はお祭りでもあるのかと思うほど賑《にぎ》わっていた。

修学旅行で東京に来た時は、目に入るものすべてが刺激的で楽しかったのに、実際に生活するとぜんぜん違う。

理想と現実はかけ離れているんだよね、いつどんな時も。

ぼんやりと人混みを見ていると、グレーのパンツスーツにボブヘアーの細身な美女が、こちらに手を振りながら近づいてくる。

あんな綺麗な知り合いはいない、と目をそらす。しかし、彼女は目の前にやってくると、勢いよく私にハグをした。

「鈴奈《すずな》、久しぶり！　全然変わってないね」

満面の笑みを向ける彼女のことを、食い入るように見つめる。

「えっ、涼子《りょうこ》？」

「そうだよ！」

「全然わからなかった！　すっかり都会の色に染まっちゃって。めちゃくちゃ美人になったね」

「うふふ、ありがとう」

学生時代は、炭水化物が大好きなぽっちゃり女子だった涼子。

そんな彼女は、無駄な贅肉《ぜいにく》が落ちて、化粧も上手になって、仕事のできそうなキャリアウーマンになっていた。

東京の空気に触れ続けていると、こんなふうに変貌《へんぼう》するのか。

「とりあえずご飯食べよう。まだ仕事決まってないんでしょ？　ご馳走《ちそう》するから」

「ありがとう、涼子様」

手を合わせて拝《おが》むようなポーズを取ると、涼子は「あはは」と笑いながら背中をバシバシと叩く。

「そんな、涼子様だなんてやめてよ。さっき電話で予約しておいたから行くよ」

ごちゃごちゃした人混みを迷わず進む涼子に、尊敬の眼差しを向ける。

素敵な女性に変身した涼子はどんなところに連れて行ってくれるのだろう。

「涼子って今どこで働いてるの？」

「三道《さんどう》商事だよ」

「『三道商事』といえば誰もが知っている大手商社だよね！　すごい」

「営業部なんだけど、周りは男ばっかり。負けないで食らいついて頑張ってるよ」

話しながら歩き、駅からすぐ近くにあるビルの地下へと繋《つな》がる階段を下りていく。

涼子が連れてきてくれたのは、ムーディーな雰囲気の創作居酒屋だった。店の中心部には生花が飾られていて、さりげなくジャズが流れている。

普段の私なら絶対に気軽に来ない、高級そうな店である。

半個室に案内された私と涼子は、温かいおしぼりを受け取ってビールと料理を注文する。すぐにお通しと飲み物が運ばれてきて、乾杯《かんぱい》をした。

「大変だったね。鈴奈と正人《まさと》は、絶対に結婚すると思っていたのに」

眉間にしわを寄せて険しい顔をする涼子に、私は苦笑いをして頷いた。

まさか東京でひとり暮らしをしながら、就職活動をする未来が待っているとは想像していなかった。今でも、夢なのではないかと思っている。

「十五歳から九年間も付き合っていたんだよね？」

正人はキスもエッチもすべて初めてを捧げた相手で、私は彼以外の男性を知らない。

周りからも「結婚は秒読みだね」なんて言われていて、一緒になるために二人で貯金をしていた。

いつプロポーズをしてくれるのだろうと密かに期待する中、正人は上司とトラブルになり、仕事を辞めてしまった。

当時私は旅行会社で事務として働いていたので、しばらく正人を養うことにした。

愛する彼のために頑張ろう、困っている時に助け合うのが恋人だと思っていたから。

ところがある日——

面接に行ったはずの正人が家に帰ってきて、改まった様子で驚きの告白を始めたのだ。

『子供ができた』
『誰の？』
『俺の』
『はあ？　私は妊娠してないよ？』
『お前じゃない。由里子《ゆりこ》が……』
由里子は私の親友である。
小学校の時、席が近くて仲よくなったのをきっかけに、いつも一緒に遊んでいた。
信頼しきっていたのもあり、私と正人が同棲《どうせい》中の家に何度も泊めていたのだ。
二人は私の目を盗んで、こっそりと愛を育《はぐく》んでいたという。
『別れてほしいって、お前が傷つくと思って言えなかったんだ』
私は、頭の中が真っ白になり黙り込んだ。
『貯金、悪いけど出産費用に当てさせてほしい』
『冗談でしょう？　あれは、二人で結婚するために貯金してたんだよ』
『お前は、生まれてくる子供を見殺しにするつもりか？』
『……見殺しって、そんな言い方するなんて卑怯《ひきょう》すぎる』
私はそのまま家を飛び出し、友人の家でお世話になった。
冷静になればなるほど、許せないという感情と悲しみが押し寄せて……

あんな男忘れてやると、必死で働いていた。けれど、札幌にいると正人と出かけた場所が沢山あって、幸せだった頃の記憶が蘇《よみがえ》り、苦しくておかしくなってしまいそうだった。

耐えきれなくなり、大好きだった仕事を辞めて、へそくり貯金で上京することに決めた。

完全に勢いで東京にやってきた私は、ひとまず家賃が安いアパートで生活を始めた。

ボロボロのワンルームだが、無職なので我がままは言っていられない。

次は就職だと意気込んで面接を受けるが不採用ばかり。

途方に暮れていた時、東京で働いている友人の坂上《さかがみ》涼子を思い出した。

電話をかけて事情を話すと会ってくれることになり、今日に至っている。

「正人も由里子も人間として、やっちゃいけないことをしたよね。人伝に聞いたら、正人、仕事を転々としているみたいよ」

「……そうなんだ」

つい心配になるが、正人は過去の人。

他の女性の夫なのだから関わるべきではない。

私は、嫌な気持ちを流すようにビールを飲み込んだ。

「そうそう。鈴奈は就職活動どう?」

「それが決まらないの。貯金もなくなってきたし、不安しかないよ。旅行会社は諦めようかと思ってる」

「じゃあさ、私の働く会社で契約社員を募集しているんだけど、受けてみたら？」

「涼子の会社って大手商社だよね。私なんかが受かるわけないよ」

「そんなことないって。仕事内容は事務だから、職種はピッタリじゃない？」

涼子が印刷した募集要項を手渡してくれる。受け取って確認すると、社会保障はもちろん、バースデー休暇や産休、育休もついていて、福利厚生はしっかりしている。契約社員だがさすが大手企業だ。給与も申し分ないが、こういった会社には優秀な大学を卒業した人ばかり働いているイメージがある。

「有名大学卒業じゃないからなぁ」

「大学を卒業していたら応募資格があるの。ただ、三次審査まであるから簡単ではないかもしれないけど、受けてみなければ合否がどうなるかわからないよ」

涼子はそう言って、私を勇気づけてくれる。

私は募集要項をもう一度眺め、涼子に向き直った。

もうのん気に選んでいる場合ではないのだ。それに、こんな条件のいい仕事、このチャンスを逃したら永遠に出会えないかもしれない。

「ありがとう。せっかくだからエントリーしてみる」

「うん！　合格するといいね。もし一緒に働けることになったらランチしよう」

「奇跡が起きるように祈ってね」

涼子に感謝をしながら、もらった募集要項をバッグに入れる。

それから他愛のない話をしていると、ピクルスをつまむ私に涼子が尋ねた。

「今住んでいるところは、大丈夫なの？」

「めちゃくちゃボロボロのアパートでさぁ。築六十年。安いからいいんだけど……」

「だけど？」

「喘《あえ》ぎ声が聞こえてくるんだよね」

私の言葉に涼子が微妙な表情を浮かべる。

「喘《あえ》ぎ声？」

私は思いっきり顔をしかめて頷く。

壁が薄いせいか、営みの声が大きいせいかはわからないが、丸聞こえなのだ。

入居する時にわかっていたら、いくら激安でも避けたのに……

「どんな人なのか会ったことがないからわからないんだけど、毎回相手が違うようなの」

「え！　そんなことまでわかるの？」

涼子が噴き出しそうになっている。

「喘《あえ》ぎ声の質が違うの。甲高い声。ハスキーな声。掠《かす》れ声。叫ぶタイプとか、控えめに甘い声を出す人とか……」

「聴き分けられるようになっても、なんの役にも立たないじゃん」

「無駄なスキルが身についちゃった。年齢層もばらけてる気がするんだ。相当格好いい人なのかな」

「そんな最低な男いくら格好よくたってお断りよ」

「確かに。就職ができたら、まずはお金を貯めて引っ越しする」

「頑張って。健闘を祈る！」

拳を握る私に、涼子は力強く頷いた。

久しぶりに友人に会って話を聞いてもらったおかげで、リフレッシュできた。

すっかり涼子にご馳走《ちそう》になってしまったので、就職が決まったらお礼をすると約束をして、私はアパートに帰った。

二階建ての古いアパートの一階が私の部屋で、狭い玄関を入ってすぐにワンルームの部屋がある。

丸いちゃぶ台と座布団、畳《たた》んである布団セット。

小さな冷蔵庫とカラーボックス一つに、衣装ケース三つ。必要最低限の家具しかない。

洗濯機は中古で購入してベランダに設置している。

こぢんまりとしているが、ひとり暮らしなら充分。隣の声が聞こえなければ辛抱《しんぼう》できるのに……

お金があったら、今すぐにでも引っ越ししたいくらいだ。

ほろ酔い気分で座布団に座り、涼子からもらった募集要項に目を通す。

バリバリのキャリアウーマンって感じで輝いていた涼子を見て、思わず過去の自分を思い返してしまった。

札幌の旅行会社で事務として働いていた時は、残業があったりクレーム対応をしたりと大変だったけれど充実していた。休日や空き時間には英語の勉強をして、キャリアアップを目指していた。

三道商事なら、きっと今までの経験や勉強してきたことが役に立つ気がする。

それに、毎日生活するだけでやっとということの状況から抜け出さないと、日払いのアルバイトをしなければいけない。そうなると、就職活動をする時間が減ってしまう。

「はぁ」

ため息をついたら幸せが逃げていくと言うけど、つかないとやっていられない。

今日はもう遅いし早く寝よう。布団を敷いていると……

『――ぁ。――っ、あぁ』

うわ、また聞こえてきた。もう、いい加減にしてほしい。

たまにならいいけど、二日に一回のペースで情事が行われている。しかも、一回の時間が長い。

私は、布団を頭から被った。

あーもう、私の睡眠不足をなんとかして！

昨今では引っ越しの際、挨拶に行く人はあまりいませんよと不動産屋さんが言うので、私は隣の住人にお目にかかったことはなかった。

隣の部屋から出てくる女性を見かけたことは何度かあるが、いつも違う人だった。

おそらく家主は男性だろう。

どうして、男の人って一途になれないの？　女性を取っ替え引っ替えするなんて、最低だ。

ついつい正人と重ねてしまい、怒りがこみ上げてくる。

結局その後、お隣さんの営みは、深夜三時頃まで続いたのだった。

◆

涼子が働いている三道商事にエントリーし、私は奇跡的に面接を通過していった。そして、今日はいよいよ最終面接である。

黒のスーツに身を包み、ふんわりとしたセミロングの髪の毛を後ろで一つにまとめる。上品な印象になるよう気をつけて化粧をした。

アパートを出て駅に向かうと、ホームは人でごった返していた。

さすが通勤の時間帯だ。

電車がやってくると、人々がなだれ込むように乗り込む。押しつぶされそうになる中、私はなるべく端に立ちバランスを取っていた。

走り出して電車が揺れると、後ろに立っている人が体重をかけてくる。

……あれ？

ふいにお尻の辺りに違和感を覚え、意識を集中させた。

顔を動かして確認すると、すぐ後ろにスーツを着た男性がぴったりとくっついている。

手の平を押しつけて、ヒップラインをなぞっている気がするけど……これってもしかして痴漢《ちかん》？

どこにでもいそうな中年のサラリーマン風の人なのに、こんなことするなんて。

今までの人生で痴漢《ちかん》に遭ったことはなかったが、もしそういう場面に遭遇したら、手を思いっきりつかんで、警察に突き出してやろうと思っていた。

私は無駄に正義感が強く、悪者は絶対に退治しなければいけないと考えている。

けれど、実際に触られてみると恐ろしくて声が出せない。

……怖い。とても気持ち悪い。

背中にうっすらと汗をかき、体が小刻みに震える。

怖がっている素振りを見せたら、犯人をさらに付け上がらせるかもしれない。平気なふりをして、俯《うつむ》いて耐えるしかなかった。

面接会場である三道商事の最寄り駅まで、あと二駅ある。

余裕を持って出てきたけれど、次の駅で降りれば、到着がギリギリになってしまう。

面接に遅刻なんて絶対にありえない。

我慢するしかない、と目を瞑《つむ》った――その時だった。

「やめろ」

突然頭上から低い声が聞こえてきた。顔を上げると、背が高くて仕立てのいいスーツを着た男性が痴漢《ちかん》男の手をつかんでいる。

「なっ、なんだよ、お前！」

「一部始終を見ていました。薄汚い真似はやめたほうがいい」

顔を真っ赤にして喚《わめ》く痴漢《ちかん》男に、男性は冷静に切り返す。

一瞬、何が起こっているのか理解できず、私はぼうっと男性を見つめた。

「お、俺は何もしていない！　言いがかりだ！」

痴漢《ちかん》男はちらっと私を見て、男性にがなり立てた。

他の乗客は男性に疑いの目を向ける。

このままではいけないと思い、私は勇気を出して震える唇を開いた。

「……私、この人にお尻を触られました」

痴漢《ちかん》男を指差すと、軽蔑の籠《こ》もった乗客の目が一斉に彼を見た。

痴漢《ちかん》男はたじろいだ様子だったが、同時に電車が駅に停車し、逃げるように去っていく。

「っ！　待ちなさい」

私を助けてくれた男性は、痴漢《ちかん》男を追おうと踏み出した。しかし、私はその腕をぎゅっとつかんで引きとめる。

「捕まえなくていいのですか？」

男性はそう私に尋ねたが、ここで痴漢《ちかん》男に時間を取られ、面接に遅れるわけにはいかない。

悪を放っておくのは自分のポリシーに反することだけど、今はどうしても面接を優先させたかった。

「どうしても行かなければならない用事があるので諦めます。本当は警察に突き出したかったのですが……」

「そうですか。あなたがそう言うのなら」

「助けてくださり、ありがとうございました」

お礼を言って改めて彼を見た私は、息を呑んだ。

スーツの上からでもわかる引き締まった体躯と、すらりと長い手足。

黒い短髪はかっちりとセットされ、キリッとした切れ長の目に銀縁の眼鏡をかけている。高い鼻梁《びりょう》と形のいい薄い唇が、知的な印象を高めていた。

こんなに格好いい人、普通に生活していたら中々お目にかかれないだろう。

とても真面目そうだし、仕事もできそうだ。しかも、爽やかないい香りがする。

彼を見上げたまま、頬がどんどん熱くなっていく。自分を見つめたまま固まる私を不思議に思ったのか、男性は小首を傾げた。

「やはり気分が優れませんか？」

「い、いえ！　大丈夫です」

私は慌てて彼から目をそらし、俯《うつむ》く。

ドキドキとうるさい心臓をなんとか落ち着かせていると、会社の最寄り駅に到着した。

偶然にも男性も同じ駅で降りたので、私は長い脚で人の波を縫《ぬ》って歩く彼を必死に追いかける。

「あ、あの、待ってくださいっ」

呼び止めると、彼は階段の前で立ち止まり、少し驚いた様子でこちらを振り向いた。

「どうかしましたか？」

「お礼をしたいので、もしよければご連絡先を教えていただけませんか?」

緊張で声が上ずる。男性は私をじっと眺めると、小さく首を横に振った。

「いえ、人として当たり前のことをしただけですから」

「で、でも……」

「本当に大丈夫ですから」

彼はそう言って軽く会釈《えしゃく》をすると、足早に去っていき、あっという間に人混みの中に消えてしまった。

第二章　コーヒーとチョコレート

「部長、データが完成しました」

「ありがとう。星園《ほしぞの》さんは仕事が速いから助かっていますよ」

ランチを終えた私は、総務部長に書類を渡しに向かった。五十代前半の彼はいつも穏やかで、一緒に仕事がやりやすい。

『三道商事』に入社して三ヶ月。私は、本社の総務部に配属になり、主にデータ作成のアシスタントを行っている。

四十階建てのビルの三十五階から最上階までを三道商事が使用し、下のフロアには他社やクリニック、飲食店が入っていて、一階にはコンビニがある。

周辺には美味《おい》しいレストランもあって、時間が合えば涼子とランチをしている。

こんなにいい環境で働けるなんてありがたい。

入社してわかったのは、『三道商事』は本当に大企業であるということ。

連結子会社も合わせると八万人近くが雇用されていて、この本社にもかなりの数の社員が働いている。

長く働いている涼子ですら、社員数が多いため知らない人がいっぱいいるらしい。

最初は、自分が東京で働いていることが信じられなかった。でも、オフィスの窓から建物がぎゅっと詰め込まれた景色を眺めると、本当に東京で働いているのだと実感する。

同棲《どうせい》していた彼氏に浮気されて、貯金も取られてしまいどん底だったけど、ここで頑張っていこう。

そう気持ちを新たにして、一生懸命仕事に励《はげ》んでいた。

「星園さん、三十分後に大会議室へ行ってもらえますか？」

総務部長が先ほど渡した書類から顔を上げて、私を見ていた。

「何かありましたか？」

「あ、いや。行ってくれたらわかるから、頼んだ」

大きなミスでもしてしまったかな……

結局、総務部長はその場では話してくれなかった。

約束の時刻になり大会議室へ向かうと、中には何人かの社員がいた。

一体、何があるのだろう。

私は一番後ろの席に座り、緊張しつつ前を向いていると、総務部長が入ってきた。

「突然集まってもらって申し訳ない。実は、経営企画室のアシスタントを急遽《きゅうきょ》募集することになった」

途端に、大会議室にいた女子社員が色めき立ち、瞳をキラキラと輝かせる。

経営企画室といえば、会社の主力部署と言っても過言ではないところだ。

経営陣を補佐しながら、中期経営計画の策定や、融資や投資の審議など、会社経営の舵取りを行う部署である。

「というわけで、これから適性試験を行います」

まさか、そんな部署の選考を受けることになるなんて……

試験用紙と鉛筆が配られると、総務部長がストップウォッチを手に持った。

「それではよーい、始め」

試験会場に、カリカリと鉛筆の音が響く。

強引なやり方に反発する気持ちもあったけれど、手を抜くのは嫌だったので、私も集中する。

正しい展開図を選んだり、仲間はずれの言葉を探したり。

こういうのは結構得意なほうだ。花形部署での仕事なんて私には関係ないなと思いながら、問題を解いた。

「はい、終わり」

あっという間に時間が経ってしまい、解答用紙が回収される。

「結果は後日お知らせいたします。今日試験があったことは、他言しないでください」

総務部長がそう声をかけると、全員、席を立ち始めた。

私もみんなに続いて大会議室を出ると、一緒に試験を受けていた女子社員の会話が耳に入ってくる。

「経営企画室で働けるなんて、夢みたいだね」

「エリート集団と一緒に働くのはちょっと緊張しちゃうけど、玉の輿《こし》狙えるかも！」

「だよねぇ。やばーい」

職場恋愛は否定しないけれど、エリートの中で働くなんて恐ろしいと思わないのかな。

私は、このまま総務部で働いていたい……。まぁ、今日一緒に試験を受けた人は、優秀な人たちばかりだろうし、万が一にも異動はないよね。

そんなことを思いながら、私は総務部に戻ったのだった。

ところがその日の夕方、私は総務部長から個室に呼び出された。

「座ってくれ」

「部長、突然試験をするなんて驚きました」

「あぁ、悪かったよ。仕事が速くて優秀な社員というのが条件だったから、君を推薦《すいせん》したんだ」

申し訳無さそうに微笑まれたので、それ以上何も言えずに黙り込む。

総務部長は小さく咳払いをすると、おもむろに話し始めた。

「今日は試験を受けてくれてありがとう。採点したんだが、一番成績がよかったのが星園さんだったんだ」

まさか自分が一番だなんて信じられず、フリーズしてしまう。

「急で悪いのだが、来週から経営企画室で働いてほしい」

「そんな、困ります。私は総務部で頑張っていきたいと思っていたので」

「すまないが、そこをなんとか……」

困惑する私を、総務部長は必死に諭《さと》す。

「プロジェクトがある時は忙しいが、星園さんだったらアシスタントとして期待に応えられるだろう」

会社にとって重要な部署のアシスタントなんて、私にできるのかな。

とんでもない失敗をして、仕事を失ったら……とついつい考えてしまう。

そう考えたところで、私は小さく頭を振った。

……いや、何もしないで諦めるのは自分らしくない。せっかく能力を認めてもらえたのだから、ここは挑戦するべきだ。

私は、心配そうに顔を覗き込んでくる総務部長を真っ直ぐに見つめた。

「承知いたしました」

「ありがとう！　本当は手放したくなかったんだが、会社のために頑張ってくれ」

これからどんなことが待っているかわからない。

それでも自分にできる限り一生懸命やろうと、私は心に誓ったのだった。


試験を受けた次の日、私は涼子と社員食堂でランチをしていた。

弁当を持参している社員や定食を注文している人など、みなさん、思い思いに休憩中だ。

本日のランチセットは、エビピラフとコーンクリームコロッケ、コンソメスープにミニサラダ。

ここのメニューはどれをチョイスしても美味《おい》しい。涼子も同じものを注文して向かい合って座る。

「おめでとう。さすが鈴奈ね」

「な、なにが？」

「経営企画室にアシスタントとして採用されたことに決まってるでしょう。誰もが行きたい部署なのよ」

私は眉間にしわを寄せて頭を左右に振る。

今朝、組織内の情報をやりとりできる社内イントラで私の人事異動が発表され、色んな人におめでとうと言われた。

「エリート集団なのよ。玉の輿《こし》に乗りたい女子社員が行きたい部署、ナンバーワン」

「玉の輿《こし》？　それどころか私はもう恋愛なんかしたくないし」

正人のせいで恋とか愛とかは、こりごり。男性を信じて傷つくのは絶対に嫌だ。

「今は恋愛する気持ちはないかもしれないけど、人なんてどこでどう変わるかわからないんだから。恋をしないって決めちゃうのはもったいないって」

涼子は楽しそうに言う。一方私は、エリート集団の中でやっていけるのかと、気持ちが沈んでいく。

「まあ、そんな暗い顔しないで。ただ、加藤《かとう》室長はかなりクールらしいよ。優秀すぎて、一般人とは話が合わないって噂されているの。それでも容姿がいいし、地位もあるってことで狙っている人は結構いるみたい」

「そうなんだ。クールな上司の逆鱗《げきりん》に触れないようにしなきゃ」

「それと、プロジェクトがある時は残業が多いらしい」

体力には自信があるので残業は問題ない。けれど、私が役に立てるのかと考えるだけで胃の辺りが痛くなってきて、食欲が失せてしまう。

「せっかく入社できたのに、クビになったらどうしよう……」

「鈴奈なら絶対にやっていけるって。あんたほどの努力家は他にはいないもん。だってさ、学生時代もすごく頑張っていたでしょ。大学の時は、お母さんに迷惑かけたくないからってバイトもいっぱい入れてさ」

私の両親は幼い頃に離婚し、母親が女手一つで育ててくれた。

学費の面で迷惑をかけたくなかったから、奨学金を借りて進学し、アルバイトをして生活費を家に入れる生活をしていた。

もちろん勉強を疎《おろそ》かにはせず、それなりに優秀な成績を収めたのだ。

四年制大学を卒業して、旅行会社に就職が決まった時は本当に嬉しかった。

初めての給与で母にお財布をプレゼントしたことが懐かしい。

「辛いことがあれば言って？　いつでも飲みに付き合うから」

「ありがとう」

私は満面の笑みを涼子に向けると、ピラフを頬張った。

部署異動が発表されてからの一週間は、ちゃんと務まるのだろうかと考えて、あまりよく眠れなかった。

月曜日になり、いつものように総務部へ出社した。新しい部署へは、総務部長が案内してくれる約束になっている。

短い期間だったけれどお世話になったメンバーに挨拶を終えると、私は総務部長と共に廊下へ出た。総務部長は、緊張する私に穏やかに語りかけてくれる。

「加藤室長は、外資系コンサルタントとしてキャリアを積んだ後我が社に入社して、三十二歳で室長になったとても優秀な方なんだ。もう室長になって二年か。早いなぁ」

「そうなんですね。なんだか私とは生きる世界が違う気がします」

三十二歳の若さで室長に抜擢《ばってき》されたなんて、自分とは脳みその構造が全く違うのだろう。

「大変なことが多いかもしれないが、色々と学べるところだから、一生懸命頑張っておいで」

「はい。力になれるよう精一杯やらせていただきます」

「君なら大丈夫だ。さぁ、ここだ」

経営企画室は最上階にあり、社長室のすぐ隣の部屋だった。

室内は、パーティションで三つに区切られている。

「それぞれのチームが四名から五名ほどで構成されているんだ。さらに奥に経営企画室をまとめる経営管理チームがあって、そこで星園さんは室長のアシスタントをしてもらうよ」

まさか、室長の下で働くとは思わなかった。

総務部長が出社している社員に会釈《えしゃく》しながら進むと、部屋の奥にある扉の前で立ち止まった。

「経営管理チームは特に機密事項が多いから個室なんだ」

「なるほど」

「この中には、室長室も別にある」

総務部長がノックをすると扉が開かれて、背の高い男性が出てきた。

「加藤室長、おはようございます。本日からこちらで働く星園鈴奈さんです」

総務部長が私のことを紹介すると、クールな瞳がこちらに向けられる。

「お待ちしておりました。室長の加藤です。アシスタントが不在で大変だったのですが、星園さんが来てくれるというのでとても助かります」

「星園と申します。至らないこともたくさんあると思いますが、力になれるよう努力していきますので、よろしくお願いします」

勢いよく礼をして、加藤室長を見上げる。加藤室長は冷静な表情を崩さず、ゆっくりと頷いた。

噂通り、厳しそう。

短髪で清潔感があって、銀縁の眼鏡に切れ長の目の超絶イケメン。

……どこかで会ったことがある気がするけど、思い出せない。

思わずじっと加藤室長の顔を見つめてしまうと、彼は不思議そうな表情を浮かべた。

「何か？」

「い、いえ」

「では中にお入りください」

促されて室内に足を踏み入れると、机が五つ向かい合って設置されていた。

「室長席と、他のメンバーの席がこちらにあります。奥の扉は室長室で、私はどちらの机でも仕事をします。星園さんの席はここですから、座っていてください」

「わかりました」

腰をかけると、加藤室長がパソコンの電源を入れた。

見届けてくれた総務部長が、私の肩を軽く叩いて激励してくれる。そして、加藤室長に挨拶をすると、自分の部署へと戻って行った。

総務部長を見送った後、加藤室長がパソコンのログインＩＤを教えてくれる。

ふと、鼻をくすぐった香りで私は記憶が一気に蘇《よみがえ》った。

──加藤室長は、電車の中で痴漢《ちかん》から助けてくれた男性だ！

こんなところで一緒に働けるなんて、すごい偶然。加藤室長は、私のことを覚えているかな。

「メンバーが集まってから紹介しますので一言、挨拶をお願いします」

「はい、わかりました。……あの」

「あの時は助けてくださり、ありがとうございます」とお礼を言おうとしたが、加藤室長がクールな視線でこちらを見る。気軽に話しかけられないオーラを感じて、口をつぐんでしまう。

「何か？」

「いえ」

とてもじゃないけれど、プライベートのことを話せる雰囲気ではない。いつか、機会があれば話題を振ってみよう。

静かな室内で緊張しながら座っていると、次々と経営管理チームのメンバーが出勤してきた。

みなさん、スーツを格好よく着こなしていて、仕事ができそうな空気を纏《まと》っている。

全員が揃うと、加藤室長が私に一人ずつ紹介してくれた。

「彼は瀬川蓮司《せがわれんじ》マネージャー。前職は公認会計士でしたが、その経験を活かしてここで働いてくれています」

「わからないことがあれば、気軽に聞いてください」

瀬川さんと紹介された男性は、がっちりと固めた黒髪で、体のラインが細い好青年といった感じ。物腰が柔らかくて話しやすそうだ。

「彼女は、安藤美位子《あんどうみいこ》マネージャー。外資系コンサル企業から我が社に転職してきてくれました」

「よろしく」

唯一の女性である安藤さんは、硬い表情でそう一言挨拶した。美人だけど少し取っ付きにくいイメージだ。

「彼は、板尾聖夜《いたおせいや》リーダー。営業から経営企画室にやってきた優秀な社員です」

「若い子が入ってくれて嬉しいです。俺もまだまだ勉強中だけどよろしくね」

板尾さんは茶色の髪にゆるくパーマがかかっていて、甘いマスクをしている。年齢も近そうで、この中では一番話しかけやすいかもしれない。

「では、星園さん、一言お願いできますか？」

加藤室長の言葉と当時に、全員の視線が私に注がれる。

「星園と申します。みなさんの力になれるように頑張っていきたいと思いますので、よろしくお願いします」

挨拶を終えると早速仕事が始まり、加藤室長から分厚い紙の束を渡される。

「情報収集してきた資料なんですが、明日の午後までに纏《まと》めてください」

相当な量なので驚いてしまう。これを明日の午後までになんて、間に合うのだろうか。

予想以上にやることが多そうで、もたもたしていられない。

「書式はどうなさいますか？」

「書式はこちらのものに揃えてもらえると助かります。過去の資料は共有ファイルに格納されていますので、参考にしてください。わからないことがあれば、いつでも私に聞いてくださいね」

加藤室長は、てきぱきとわかりやすく説明してくれる。

自分の席に戻る加藤室長に視線を送り、涼子の言葉を思い出した。

――加藤室長はかなりクールらしいよ。優秀すぎて、一般人とは話が合わないって噂されているの。

確かにクールで近寄りがたい雰囲気だけど、意地悪な人ではなさそう。

とりあえず、経営企画室での初仕事、ミスがないように頑張らなくちゃ！

私が集中して資料を作成していると、ふいに板尾リーダーが室長を呼んだ。

「室長」

板尾リーダーが真剣な面持ちで室長のところに向かう。

「昨年買収した道産《どうさん》乳業ですが、思ったよりも業績が伸びておりません」

室長が鋭い視線で受け取った資料を眺める。

「他社とタイアップしたり、SNSをさらに活用したりするべきだという意見が出ていました。それらと連動して新商品を売っていきたいと考えております」

「意見としてはありだと思いますが、宣伝に力を入れるとなると規模によっては相当の費用がかかりますよね。イニシャルコストはどれくらいを考えていますか？」

「はい、それについての資料はこちらです」

加藤室長は、厳しい表情で新たに手渡された資料をチェックしている。仕事に対してかなり厳しそうだ。

「なるほど。ここのコストが引っかかります。もう少しブラッシュアップしてみてください」

「わかりました。ありがとうございます」

なんだか難しそうな話をしていて全く付いていけない。

これからもこういった会話を聞くことになりそうだ。

やっていけるか不安になるけれど、昔から根性だけは誰にも負けないつもり。とにかく必死に食らいついていこう。

私はひとり心の中で、改めて決心するのだった。

◆

慣れない環境だったものの、なんとかアシスタントとして働き始めて二週間が過ぎた。

経営企画室の仕事は思ったよりもずっとハードで、毎日残業続き。家に帰ったら倒れ込むように眠ってしまう。

今日も朝から膨大な量のデータ入力をしている。

総務部と違うところは、仕事の量とスピードが求められるのと、社員のスケジュールを把握《はあく》しながら業務を進めなくてはならないことだ。

加藤室長は分単位で動いているため、質問がある時には要点を纏《まと》めてから発言するようにしている。

本当に彼は朝から晩まで大忙しだ。室長の席にいることもあるが、ほとんどは室長室で打ち合わせをしているか、会議で席を外していることが多い。

最初の数日間は、近くにいたら緊張してしまうから、不在のほうがありがたいなんて思っていた。けれど、二週間ともに仕事をして、加藤室長って噂よりも優しい人なんだな、と感じる。

仕事が速くて助かっています――なんて、さりげなく褒《ほ》めてくれたし。

なんというか、『真面目』が加藤室長に一番合っている言葉だ。しっかりしていて、頼りがいがある。どんな仕事にも真摯《しんし》に向き合っている、誠実な人。

元彼の正人にも、加藤室長の爪の垢を煎《せん》じて呑ませてやりたい。

仕事が一段落すると、ランチタイムになっていた。

ランチに行ってこようと椅子から立つと、席にいた加藤室長が革の手帳を開いている姿が目に入った。

「……今日は営業部長とランチか」

独り言のように呟いた加藤室長は、すっと立ち上がった。

加藤室長は、ランチの予定までスケジューリングしているの？

驚いた私は、思わず彼に話しかけてしまう。

「加藤室長は、昼食を誰と食べるかということまで決めているのですか？」

私の声に振り返った加藤室長が、少し目を細めて説明してくれる。

「この仕事は、様々な部署と意見を交換するのがとても重要なんです。地道に築いた人間関係があると、経営企画の仕事は円滑に進むのですよ」

「すごいですね。そういうところまで心を砕《くだ》いてお仕事されているなんて」

尊敬の眼差しを向けると、加藤室長は口元に柔らかな笑みを浮かべた。

……あ、微笑んだ。

経営管理チームに配属になってから厳しい表情しか見たことがなかったので、無意識に目が奪われる。

「さぁ、ランチタイムに入っていますよ。いってらっしゃい」

「は、はい。行ってきます」

加藤室長の新たな一面を見ることができてすごく嬉しい。

私は自然と頬が緩むのを感じながら、休憩に入った。

昼食は涼子と待ち合わせをしていて、会社の近くにある人気のパスタ屋に決めた。節約のためにお弁当を持参することが多いけれど、たまにはお洒落《しゃれ》なところでランチを楽しみたい。

注文したカルボナーラセットが運ばれてきた。

「わあ、美味《おい》しそう。いただきます」

スプーンとフォークを使ってくるくると丸め口に運ぶ。

とても濃厚で美味《おい》しい。さすが、人気店なだけある。

「どう？　恋愛モードになってきた？」

パスタに舌鼓《したつづみ》を打つ私に涼子が興味津々《きょうみしんしん》といった様子で話を振ってきたので、私は左右に首を動かす。

「まさか。仕事が大変でそれどころじゃないよ」

「経営企画室にはエリートばかりいるじゃない。しかも、みんな仕事が忙しいから恋人がいないって噂だよ」

「加藤室長も？」

涼子の話に思わず反応してしまう。

「経営企画室、室長よ。しかもあのルックスだから狙っている女性は多いわね。でも、恋人がいるっていう噂は耳にしたことがないわ」

「三十四歳だし、結婚適齢期だと思うけど……忙しくて恋人なんて作る暇がないのかも」

「確かに。彼女の理解がないと付き合うのが厳しいくらい働いているよね」

「あんなに容姿がよくて、真面目で、仕事ができて、お金持ちで。もったいない。恋人がいないんじゃ、加藤室長はどうやってストレス発散しているのかな」

うーんと考える私に、涼子が人の悪い笑みを向ける。

「誰にも言えない秘密があるかも」

「なにそれ」

涼子の言葉にプッと小さく噴き出すと、二人でクスクスと笑い合う。

加藤室長、変な想像をしてしまってごめんなさい。

職場で一緒に働いている人のプライベートなんて、わからないものだ。もしかしたら、涼子の言うように、人には言えない秘密があるかもしれないし。

「明日の夜、歓迎会をしてくれるんだって。そこで何か面白い話が聞けるかも」

「へぇ、そうなんだ。楽しみにしているから」

涼子の瞳が、きらりと妖《あや》しく光った。


今日も残業になってしまい、気がつけば二十二時を回っていた。

お昼にカルボナーラをお腹いっぱい食べたとはいえ、こんなに夜遅くなればお腹が空く。今日はコンビニに寄るかなと考えながら、パソコンの電源を落とした。

席にいる加藤室長をちらりと見ると、彼はまだまだ退社する様子がない。一体、いつ家に戻っているのだろう。

「お先に失礼します」

声をかけると、加藤室長は顔を上げてクールな視線をこちらに向けた。

「お疲れ様でした。気をつけて帰ってください」

冷たさを感じる表情とは裏腹な、気遣ってくれる彼の言葉に、私の胸がほわっと温かくなる。

明日の歓迎会、楽しみ。

「星園さん、これからもアシスタント、よろしくお願いします！　乾杯《かんぱい》」

◆

瀬川マネージャーの乾杯《かんぱい》の音頭《おんど》で歓迎会が始まった。

歓迎会として、加藤室長が会社の近くにあるタイ料理屋を予約してくれていた。

木目のテーブルにオレンジの椅子が設置されていて、壁には独創的なイラストが飾られている雰囲気のいい店だ。スパイスの香りが店中に漂っていて、食欲をそそられる。

私の隣に板尾リーダーが、目の前に加藤室長が座った。加藤室長の隣は安藤マネージャー、その横に瀬川マネージャーが腰かけている。

ふと、加藤室長を見るとウーロン茶を飲んでいた。

「加藤室長、お酒が苦手なんですか？」

「……今日は車なんです」

濁《にご》したように言う加藤室長を不思議に思っていると、板尾リーダーが耳打ちで教えてくれる。

「室長、実はとてもアルコールに弱いんだよ。めっちゃ飲めそうな顔してるのに」

「そうなんですね」

加藤室長の意外な一面を知って、頬が緩んだ。

本当はお酒が弱いのに、あえて車で来ているからと隠すなんて。九歳も歳上なのについ可愛いと思ってしまった。

「星園さんは北海道出身なんですよね？」

「はい」

板尾リーダーに話しかけられ、私は笑顔で返事をする。

「だから色白で可愛いんですかね？」

「ま、まさか」

可愛いなんて言われると思っていなかったので焦ると、安藤マネージャーが大きなため息をつく。

「板尾リーダー。そういう発言はセクハラと受け止められる可能性があるので、慎んでください」

「えー、厳しいですねぇ」

安藤マネージャーの指摘に、板尾リーダーは口を尖《とが》らせた。なんとなく険悪な雰囲気になる。

「あの、私は何を言われても結構平気なので……なんでも言ってください」

なんか申し訳ないなと思って発言すると、安藤マネージャーが厳しい表情を浮かべる。

こういう場合、どう答えればいいだろう……

困っていたところで、加藤室長がさっと話を変えてくれた。

「北海道は前に何度か訪ねたことがありますが、仕事ばかりなので今度はプライベートで行ってみたいです」

「俺も食い倒れツアーに行ってみたいですね。北海道って美味《おい》しいものがいっぱいあるから」

瀬川マネージャーが、空気を読んで話に乗っかる。

「もし旅行される予定があれば言ってください。一応旅行会社で働いていたので、何かお役に立てるかもしれません」

明るい口調で伝えると、加藤室長がゆっくりと頷く。

「そうですか。ではもし北海道を旅行することがあれば、ご相談させていただきます」

加藤室長は、仕事の時よりもいくぶん柔らかい口調でそう言った。

二時間の歓迎会を終えて自宅に帰宅した私は、洗面台の前に立ち、メイクを落とした。

今日は、みなさんと色んな話ができて楽しかったなぁ。戸惑うこともあったけど、加藤室長が助けてくれたし……室長は仕事ができるだけじゃなくて、部下を気遣ってくれる人なんだ。

改めて加藤室長のすごさを感じていた、その時。

『――ぁっ、あっん。あっ……』

今日もお隣さんから声が聞こえてきた。女性の声は、数日前に隣から聞こえてきたものとは違う。

色んな女性の声が聞こえてくるたびに、私は浮気をされた経験を思い出し、色々と考えてしまう。遊ばれた人がどんなに傷ついて悲しむのか、女性を取っ替え引っ替えするような男性にはわからないのだ。

そこまで考えると、余計に苛々《いらいら》する。他人の事情だから気にしちゃいけないんだろうけど、なんせ壁が薄い。

次の日の朝、出勤するために部屋から出ると、ちょうど隣の部屋からも女の人が出てきた。

一度見かけたことがある、細くて眼鏡をかけている可愛らしい子だった。

「お、おはようございます」

私と目が合うと、女の子は恥ずかしそうに挨拶をしてくれた。

あんなピュアっぽい子が、遊ばれて悲しむ姿を想像すると切なくなってくる。

ピュア子ちゃん、頑張れ、と私は勝手に彼女にあだ名をつけてエールを送った。

歓迎会を開いてもらってから、職場のメンバーと距離が近づいたように思える。あれから一週間が過ぎ、相変わらず私は忙しい毎日を送っていた。

職場に到着すると、最初に確認するのはみなさんのスケジュール。

今日は、板尾リーダーも安藤マネージャーも瀬川マネージャーも外勤でいない。

加藤室長は会議があるらしく、出たり入ったりする予定になっている。一人で電話番をするのは自信がなく、緊張しながら過ごしていたら、あっという間に昼休憩になった。

節約のために作ってきたお弁当をロッカーから取り出して、デスクの上で広げると経営会議から加藤室長が戻ってきた。

「星園さん、お疲れ様です。お留守番ありがとうございました。何もありませんでしたか？」

「はい。特に何もありませんでした」

私が答えると、加藤室長は目を細めて微笑んでくれる。

「今日はお弁当なんですね」

加藤室長はそう言って、私のお弁当を覗き込んだ。

「美味《おい》しそうですね。手作りですか？」

「はい。簡単な物しか入っていませんけど」

「実は自分も弁当なんです」

「そうなんですね！　では、一緒に食べませんか？」

予想外の誘いだったのか、加藤室長は驚いた表情をしている。

急に不躾《ぶしつけ》だったかな、と慌てると、彼は優しい瞳になって言った。

「ゆっくり話す機会もなかったですしね。しかし、こんなおじさん上司と一緒に食べるなんて、嫌じゃありませんか？」

「加藤室長は、おじさんなんかじゃありません」

私はやや強い口調で否定した。すると、加藤室長は自分のロッカーからお弁当袋を取り出し、私の隣に座る。

「ではお言葉に甘えて、ご一緒させていただきます」

どんなお弁当なのだろう。気になって、つい彼のお弁当を見つめてしまう。

シルバーのお弁当箱の蓋《ふた》を開けると、色鮮やかな食材が入っていた。

冷凍食品を詰めただけではないということがすぐわかる。これは間違いなく手作り弁当だ。

……誰に作ってもらったんだろう。彼女がいないという噂だけど、本当はいるのかもしれない。

私があまりにも凝視しすぎたので、加藤室長が不思議そうに首を傾げる。

「何か？」

「いえっ、美味《おい》しそうなお弁当ですね」

「ありがとうございます」

加藤室長は嬉しげに頬を緩めた。

彼女の手作り弁当を褒《ほ》められて、いい気分なのかもしれない。

「星園さんは、料理は好きですか？」

「嫌いではありませんが、私の場合、節約するために作っているので」

「そうですか。でも、色のバランスもいいですし、美味《おい》しそうですよ」

「そう言っていただけると嬉しいです」

加藤室長とは、意外にも会話が続いた。

とても仕事ができる人なので、話が合わないかもと勝手に決めつけていたが、案外、波長が合う気がする。

加藤室長が大人だから、話を合わせてくれたのかもしれないけれど……

「午後からも不在にしてしまいますが、留守をよろしくお願いします」

「わかりました。お任せください」

食事を終えると、加藤室長はまた出かけてしまった。

経営管理チームには、私ひとりぼっち。静かな空間の中パソコンに向かっていた。集中していると、気がつけば時間が経過しもう夕方だ。

加藤室長は会議で遅くなるため、定時になったら上がっていいと言われている。今日やらなければいけない仕事はほとんど終わっているから、このまま定時で退社しよう。

しかし、あともう少しで帰れるという時に電話が鳴った。

「経営管理チーム、星園です」

「Hello……」

突然、電話の相手が英語でペラペラと話し始めたので、固まってしまう。

何を言っているのかはなんとなくわかるが、どう答えたらいいのか咄嗟《とっさ》に出てこない。

「ソーリー、あ……えっと」

私がちゃんと対応できないせいで、通話相手がどんどんヒートアップしていく。

「ソーリー……、プリーズ……。コールバックオッケー？」

自分のわかる単語を並べて話すが、相手はかなり急いでいる様子で、イライラしているのが伝わってくる。専門用語らしき英語を並べられて、動揺して心臓の鼓動が速くなる。

……ど、どうしよう。

その時、タイミングよく加藤室長が戻ってきた。助けを求めて視線を向けると、彼は異変に気がついて、すぐに電話を代わってくれた。

流暢《りゅうちょう》な英語で対応する姿に、安堵を覚え体の力が抜けていく。

電話を終えると、加藤室長が安心させるように頷いた。そんな彼に、私は素早く頭を下げる。

「申し訳ありません。ちゃんと私が対応することができなかったので、怒らせてしまいました」

「いえ、一人にさせて申し訳なかったです。それに相手が怒っていたのは、あなたのせいではありません」

加藤室長はいつもと変わらずクールだ。

「本日届いていなければいけない大事な資料を、送信していなかったらしい。それで激怒していたようです。申し訳ないですが、残業して資料作りを手伝ってもらえませんか?」

「は、はい!」

こんな私でも役に立てるのなら、残業なんてお安い御用だ。加藤室長が私の席の隣に立ち、指示をする。

「共有フォルダーを開いてください」

「はい」

「この資料のA列とC列に数字を打ち込んでいってほしい。五千列ほどあります。これを入れ終えたら、表を作ります」

「わかりました」

「お客様はとにかく急いでいるので、二人で力を合わせてなるべく早く送信しましょう」

「はい」

「自分はもう一つのファイルから始めます」

加藤室長はテキパキと作業に取りかかる。

私も、眠気も時間も忘れて一心不乱に打ち込んでいく。

メイクが落ちてボロボロの顔になっているだろうけれど、そんなこと気にしていられなかった。

「終わりました。ダブルチェック、お願いします」

「では、星園さんはこちらのファイルの確認を頼みます」

やっと提出できる状態になった時、空はもう明るくなっていた。

会社に泊まって残業したのは初体験だ。

加藤室長が資料をチェックしてくれる横で、達成感と安堵でうとうととしてしまう。

……あぁ、もう限界。

まぶたが下りて、頭がカクンと落ちる。

はっと気がついた時、加藤室長がコーヒーを差し出してくれた。

「すみません、眠ってしまいました」

「朝まで付き合わせてしまって、申し訳なかったです」

ブラックコーヒーの湯気が上がっていて、いい匂いがする。

砂糖が二本置かれたので、弾《はじ》かれたように顔を上げた。

「あなたは甘いのが好きそうだから」

「大当たりです。大好物はチョコレートです。いただきます」

砂糖をたっぷり入れた甘いコーヒーを飲んで、ほっとした気持ちになる。

「相手とも連絡が取れて、怒りが収まっていたようです。星園さんがいてくれて本当に助かりました」

彼は、席に戻ると椅子に少し深く座った。

銀縁の眼鏡を外して、眉間にしわを寄せている。目が疲れているのかもしれない。

それはさておき……加藤室長は眼鏡を外してもイケメンだ。

朝起きて、こんな美しい顔が間近にあったら朝からとろけてしまいそう。

「一度家に帰って仮眠を取ってきてもいいですよ」

「お風呂に入らないと、ちょっと臭いですかね」

「え？」

思いもよらぬ反応だったのか、加藤室長がクスッと笑った。

「面白いことを言いますね」

「……そうですか？」

きょとんとして見ると、加藤室長は頬を少し緩めたまま、スマホを取り出した。

「近くに入浴施設があるかもしれないので、調べてみます」

長い時間二人きりで仕事をしていたためか、なんとなく距離が縮まったような気がする。

真面目で、優しくて、冷静で……もし加藤室長みたいな人が彼氏だったら、穏やかな時間が過ごせそうだ。

ついそんなことを考えていると、私の視線に気がついた加藤室長が首を傾げる。

「何か？」

「い、いえ」

何考えてるの、私！　加藤室長には、手作り弁当を作ってくれる彼女さんがいるじゃない。

どんな人とお付き合いしているのだろうと想像し、ちくんと胸が痛む。

私は加藤室長に近づいて、いつも携帯しているチョコレートを一つ、彼のデスクの上に置いた。

すると彼は、不思議そうに私を見つめた。

「加藤室長も疲れていると思うので、休憩してくださいね。ではちょっと外出してきます」

加藤室長が、ふわりと優しい笑みを浮かべ頷く。

「ああ、ありがとう」

部署から出て廊下へ出ると、心臓がトクトクと鼓動を打っていた。

いつも厳しい顔をしている人がたまに見せる笑顔って、破壊力がある。加藤室長の彼女は、彼のそんなギャップに惚《ほ》れたのだろうか。

また痛みだす胸に気づかない振りをして、私はスマホでシャワーを浴びられるところを探す。近くにシャワー室のあるネットカフェがあり、急いで向かった。

始業時刻に間に合うように会社に戻ると、加藤室長が板尾リーダーに昨日あったことを報告している。どうやら板尾リーダーが担当するお客様だったらしい。

自分の席に座った板尾リーダーが、申し訳なさそうに両手を合わせてきた。

「鈴奈ちゃん、残業してくれたんだってね。迷惑をかけちゃって本当にごめん」

突然下の名前で呼ばれたのは驚いたが、そこはどうでもいい。

いつも元気な板尾リーダーが困った顔をしている。

「いえ、お役に立ててよかったです。元気出してください」

私はチョコレートを一つ、板尾リーダーのデスクの上に置く。ミスは誰にでもあることだし、あまり気にしてほしくなかった。

「ありがとう。鈴奈ちゃんっていい子だなぁ」

感激といった様子の彼に苦笑いをして、私はパソコンに向かった。

仕事をしながら、昨夜のことを思い出す。

私の英語能力がもっと高ければ、電話の相手を早く落ち着かせることができたかもしれない。最近は忙しい日々を送っていて、英語の勉強から遠ざかっていた。これを機にもう一度、本腰を入れて勉強するべきかもしれない。


早速週末にテキストを買い、休憩時間や仕事帰りを使って少しずつだが勉強を始めた。

今日のお昼休憩は自分のデスクで過ごし、テキストを開いていた。そこへ板尾リーダーが戻ってきて、私に話しかけた。


「お疲れ様」

「お疲れ様です」

ホワイトボードに書かれていた休憩という文字を消すと、板尾リーダーがテキストを覗き込んでくる。

「英語の勉強をしているの？　鈴奈ちゃんは偉いね」

「この前のことがあったので、しっかり学び直そうと思いまして」

「偉い」

板尾リーダーが柔和《にゅうわ》な笑みを浮かべて、私の頭をポンポンと撫《な》でる。その時、加藤室長が入ってきた。

「加藤室長お疲れ様です。鈴奈ちゃん、英語の勉強してるんですよ」

「そうですか。頑張っていますね」

加藤室長と目が合い、咄嗟《とっさ》に目をそらしてしまう。

頭を撫《な》でられたところを見られてしまった。なんだか、気まずい……

しかし、加藤室長は大して気にしていない様子で、さっさと室長室に入っていく。そんな彼の姿に、私は何故か落ち込んでしまうのだった。

その日、仕事を終えたのは二十一時。

経営企画室はほとんどの社員が帰っていて、フロアが暗くなっている。だが、室長室の明かりは煌々《こうこう》と輝いていた。

経営管理チームでは、私が最後だ。

帰る準備をしてから室長室のドアをノックし、応答の後、扉をそっと開く。中には、眉間に深くしわを刻み難しい表情をしている加藤室長がいた。

加藤室長は、元々鋭い瞳をしているので、余計に怖い顔に見えてしまう。

「お疲れ様です。そろそろ退社しようと思いますが、他にやることはありませんか?」

「ありがとうございます。本日やっていただくことはもうありませんので、気をつけて帰ってください」

「はい。失礼します」

私は扉を閉めると廊下に出たが、数歩進んで立ち止まる。

加藤室長って、いつも一番早く来て一番遅くに帰っている。

いつ休んでいるのだろう。ちゃんと休息をして、癒《いや》しの時間はあるのだろうか？

無性に心配になってしまい、再び室長室へ向かう。もう一度ドアを叩いて、中に入った。

「どうかしましたか？」

不思議そうな加藤室長に近づき、鞄《かばん》からチョコレートを取り出す。

「難しそうな表情をなさっていたので、気になってしまって……。私には想像ができないほど大変な仕事をされていると思いますが、少しだけでもいいので休憩してください」

言い終えた後、私は顔がだんだん熱くなるのを感じた。

私ったら、上司に対してなんてことを言っているのだろう。失礼すぎる！

加藤室長はしばらく無言で私を見つめると、小さく笑った。

「星園さんは優しいんですね」

「あ、あの、とてもお疲れだったように見えたので……。余計なことをしてしまい、申し訳ありません」

消えそうな声で呟く。すると、加藤室長はおもむろに口を開いた。

「先日、板尾リーダーにもチョコレートを渡していましたよね」

とても落ち込んでいたから渡したのだけど、まさかそこも見られていたと思わなかった。

「チョコレートなんかで元気になってもらおうと考えるなんて、幼稚《ようち》ですよね」

苦笑いしながら私が言うと、部屋の空気が一瞬変わった気がした。

「男は優しくされると弱い。チョコレートでも他のものでも関係なく、気にかけてくれると心が奪われてしまうことがあるのですよ。板尾リーダーがえらく星園さんを気に入っているようなので……すみません。余計なことを言ってしまって」

加藤室長が、私と板尾リーダーのことをそんなふうに見ていたとは意外だった。驚いて目を瞬《しばた》かせると、加藤室長は耳を真っ赤にして眼鏡を中指で上げる。

「星園さんは純粋で無邪気なところがあるので、親心で心配してしまいました」

「えっ？」

……親心って。なにそれ、変なの。

私はおかしくなって笑ってしまう。

クールな加藤室長と言われているけれど、今の発言、お母さんみたい。

「加藤室長って、いい人ですね」

「はい？」

「あまり無理しないでください。糖分を取ると少し体が楽になるので、もしよければどうぞ。では、失礼します」

明るく挨拶して、私は室長室を後にした。

家に帰る途中、私はずっと加藤室長のことを思い浮かべていた。

いつもはクールで冷静な加藤室長だけど、時々優しい笑みを見せてくれたり、さっきみたいに少し変なことを言ったりする。毎日、彼の新たな一面を発見できるのは、正直かなり嬉しい。

九歳も年下だと恋愛対象外だろうか。……いや、そもそも、加藤室長は部下をどうにかしようなんてきっと考えないと思う。

どうして自分の心は、こんなにも加藤室長に支配されてしまっているのだろう。

帰り道、ビルの間から見える狭い夜空を眺めながら、私はまた小さな胸の痛みを覚えるのだった。

次の日は休日だったので、私は朝から出かけることにした。

おしゃれな街並みを歩いたり、ネットで評判のカフェでお茶をしたり。

ほとんどの友人が札幌にいるため、一人で出かけなければいけないのがちょっと寂しいけれど、東京には楽しいものがいっぱいある。

今度、東京タワーを見たい。展望台に行って東京の景色を眺めたいな……

それに、古い商店街にも行ってみたい。

慣れたら新幹線で愛知《あいち》とか大阪《おおさか》とかへプチ旅行したい。

次から次へとやりたいことがあふれてくる。

仕事は大変だけど、楽しみが多いので張り合いがあるのだ。

すっかりリフレッシュした私は、アパートの近くのスーパーで一週間分の食材を買って、家に戻ることにした。

平日は忙しくてなかなか料理をする時間がないので、作り置きできるものは作って冷凍しておこう。そうすると温めるだけで食べられるから便利なのだ。

特売品を選びながら材料を購入して、エコバッグに詰めてスーパーを出た。

もう少しで家に到着するという時、私の隣の部屋のドアが開き、反射的に隠れた。引っ越してから大分経ったが、未だに例の隣人の姿を目にしたことはない。

どんな人が出てくるのだろうと、私はゴクリと唾を呑み込みながらこっそり盗み見る。

「……どういうこと？」

心臓が止まるかと思った。驚きのあまり呼吸することを忘れてしまう。

隣の部屋から出てきたのは——加藤室長だった。

見間違えていないかと何度も瞬《まばた》きするが、間違いない。

グレーのロングコートを着ていて、いつもと同じ銀縁の眼鏡をしている。

駅のほうに向かって歩いていく加藤室長の背中を、物陰に隠れたまま見送った。

夢であってほしい。

女の人を取っ替え引っ替えしていた隣の人が、加藤室長だったなんて信じられない。

夜を共にする大勢の女性の中にも、本気で加藤室長のことを愛している人もいるだろう。きっと、以前挨拶してくれたピュア子ちゃんがそうだ。真面目な雰囲気で、男遊びをするタイプには見えなかった。

私は思わず自分とピュア子ちゃんを重ね、胸が痛くなる。

加藤室長は会社ではパーフェクトな上司だ。けれど、女性を悲しませるなんて絶対にやってはいけないこと。彼の悪い側面を知ってしまった私が正さなければ、負の連鎖が続き、悲しむ人が増えてしまう。それなら彼を苦しめて反省してもらうしかない。

私は加藤室長を懲《こ》らしめることを誓った。

第三章　人には言えない秘密がある

――加藤室長が隣の部屋の住人だった。

一昨日見た光景が信じられないまま、月曜日の朝になってしまった。

憂鬱《ゆううつ》な気持ちで鏡を覗き込み、メイクをする間も私の頭の中は加藤室長のことでいっぱいである。

お隣さんは、二日に一回程度の頻度で情事を重ねている。特に真夜中に声が聞こえてくることが多い。

加藤室長は私よりも遅く退社するので、遅い時間になってしまうのだろう。

自宅から会社まで三十分あれば出社できるので、ボロボロなアパートだが便利ではある。

でも、加藤室長クラスの人がわざわざこんなところに住まないと思う。

……セカンドハウス？

ああ、どんな顔をして加藤室長と会えばいいのだろう。

彼は日頃ストイックに仕事に取り組んでいるから、どこかで発散しないとバランスが保てないのかもしれない。そうだとしても、彼は人としてやってはいけないことをしている。

なんであの加藤室長がそんな最低な行為を……

私は、絶望的な気持ちのまま家を出た。

会社に到着して部署に入ると、加藤室長と目が合い、私は思わず後ずさりした。加藤室長は不思議そうな表情で近づいてきて、私の顔を覗き込む。

頬が熱くなり、心臓がドクンと動く。

「お、おおお……、おはようございます」

「おはようございます。顔色が悪いようですが、大丈夫ですか？」

「ちょっと寝不足でして」

まさか、加藤室長のことを考えていたなんて言えない。

「そうですか。だんだんと冷え込んできましたので、風邪を引かないようにしてください」

「ありがとうございます」

加藤室長は心配そうに私を見つめると、眼鏡を中指でクイッと上げて室長室へ消えていく。

彼とちょっとでも会話するのが密かな楽しみだったけれど、職場にいる加藤室長は仮面を被っているのだ。真面目な姿に騙《だま》されてはいけない。

女の人を悲しませている男の人には、痛い目を見せて学習させないと。何様って思う人もいるかもしれないが、傷つく女性をもう増やしたくない。

でも、どうやって加藤室長を懲《こ》らしめたらいいの？

考えても、いいアイディアが浮かばない。

そうだ。今日のランチは涼子と一緒にする約束になっているから、彼女に相談してみよう。

加藤室長には正しい道を歩んでいただきたい。

「星園さん、お願いしていた資料ですが、いつ頃完成しそうでしょうか？」

加藤室長が背後から突然話しかけてきたので、体がビクッとした。私の加藤室長への感情は、怒りと胸のときめきが混ざり合い複雑になっている。

一緒に仕事をしていく中で、確かに彼に惹《ひ》かれていた。だから、お隣さんが彼ではないと信じたかった。でも、どう記憶を塗り替えようとしても、隣の部屋から出てきたのは……間違いなく加藤室長だった。

私は気合で顔に笑顔を貼りつけて、加藤室長のほうへ振り返る。

「本日の午後にはお渡しできます」

「そうですか。申し訳ありませんが、少し急ぎでお願いできますか？」

加藤室長は気遣わしげな表情でそう言った。朝から様子がおかしい私のことを、心配してくれているのかもしれない。

やっぱりこんないい人が女性を傷つけているなんて、信じられない。でも、あの日見た隣人は、何度思い返しても加藤室長なのだ。

ランチタイムになり、会社から少し離れた喫茶店で、私と涼子はヒソヒソと話をしていた。

「えー、お隣さんが加藤室長だったの？」

「シーッ」

周りに会社の人がいるかもしれないと、私は慌てて人差し指を唇に当てた。

「本当に？　見間違えたんじゃない？」

「私だって見間違いだと思いたいよ。でも間違いなく彼だったの」

思いっきり脱力する私を見て、涼子は首を傾げた。

「めちゃくちゃ真面目で有名なのにね。正直びっくり」

「……それでね、実はちょっとだけ恋心が芽生えていたから、悲しくて」

「まじ？」

涼子はサンドイッチを食べる手を止めて、零れそうな程目を大きく見開いた。

「正人とタイプが全然違うじゃない」

「そうなんだけど。仕事は丁寧だし、よく気がついてフォローしてくれるの。すごく真面目でクールな人だけど、時々見せる柔らかい笑顔とか、優しい言葉とかが素敵だなと思ったの」

涼子は黙って頷いて、私に続きを促す。

「残業で朝まで二人で働いたことがあったんだけど、その時にコーヒーを淹《い》れてくれたの。そして、微笑んでくれて……思わずキュンとしてしまって……」

しかし、加藤室長が最低な男性だと知り、私はものすごくショックを受けていた。

そんな私の前で、涼子が驚いた様子で尋ねる。

「コーヒーを淹《い》れてくれたの？　もしかしたら、加藤室長も鈴奈のことを気に入ってくれてるんじゃない？」

「でも！　どんな理由があろうと、複数の女性を取っ替え引っ替えするなんて絶対に許せない」

「それは同感」

「だから、どうにかして改心してほしいと思ってるんだけど、作戦が思いつかなくて」

「鈴奈って変なところで正義感が強いよね」

涼子は呆れた口調で言ったが、私は本気だった。

「加藤室長が、なんであんなボロボロのアパートにいるのか不明だけど……」

「セカンドハウスなんじゃない？　ボロいアパートだったら、セフレも室長がお金持ちだなんて考えないだろうし、後腐れのない関係を築けそうじゃん？　あと、本命の彼女にばれないように対策してるとか」

「やっぱりそうだよね」

涼子の推察に、私は深いため息をつき俯《うつむ》く。そして、ぱっと頭を上げて涼子に迫った。

「私が突然、隣の部屋のチャイムを押して現場を押さえたとするじゃない。そこで浮気はいけませんって加藤室長を叱《しか》っても、『あなたには関係ありません』と言われて、あんまり打撃が大きくないと思うの」

「確かにね」

　サンドイッチを食べ終えた涼子は、ホットティーを飲んで一緒に知恵を絞《しぼ》ってくれる。

するると、涼子がいいことを思いついたというように体を乗り出した。

「じゃあさ、鈴奈に惚《ほ》れさせてから、一気に突き放す作戦はどうかな？」

「……はい？」

「好きだと思う相手に『最低』って言われたら、傷つくと思うの」

ナイスアイディアだとは思うが、加藤室長が私を好きになる可能性は低いだろう。

子供扱いされているし、恋愛対象外という感じだったし……

「いい考えだと思うけど、私のことを好きになってもらう自信がないなぁ」

「わかんないよ。まずはレッツチャレンジ！」

涼子は他人事《ひとごと》だと思って楽しそうに言う。私はそんな彼女を見て、再び盛大にため息をついた。

「隣に住んでいるということは気づかれないほうがいいから、鉢合《はちあ》わせしないようにね。

加藤室長が鈴奈のことを好きになってくれたら、その時に作戦を決行しよう」

「でも、やっぱり騙《だま》すなんてちょっと可哀想じゃない？　他の作戦も考えてみたほうが……」

「そうかもしれないけど、女の人を道具みたいに扱っているほうが最低だと思う」

……涼子の言う通りだ。

加藤室長が女性を弄《もてあそ》ぶようになったのは、何か理由があるのかもしれない。辛い過去があったとか。

でも、彼の身勝手な行動で傷つく女性がいるというのを、どうしても理解してほしかった。最悪の場合、余計なお世話だと言われてクビになるかもしれない。

ただ、自分が経験した悲しみを、これ以上他の人に味わってほしくなかった。

そのためには、悪の大元をやっつけるしかないのだ。どんな手を使っても、加藤室長を懲《こ》らしめなければならない。

それから、加藤室長の行動を観察し始めた。

私が朝八時に出勤すると、すでに到着済み。一体、何時に家を出ているのだろう。

午前中は会議資料を読んだり、メールをチェックしたりしている。

ランチは他部署の人と交流会を含め外で食べることが多い。週に一回ぐらい、手作りのお弁当を持参してくることがある。

毎週水曜日は、加藤室長は誰ともお昼を食べる約束をせずにどこかへ行く。こっそりと後をつけると、行き先は会社のすぐ近くにある総合病院だった。

誰かのお見舞いにでも行っているのだろうか？

病院の自動ドアを抜けた加藤室長が、バッタリと出くわした看護師と何やら話をしている。彼女の瞳がハートマークになっているように見えた。加藤室長に気がありそうだ。

あの女性も加藤室長と関係を持っている中の一人なのかな？

さすがに病棟までついて行くわけにもいかず、オフィスに戻って食事をした。

夕方からは会議三昧《ざんまい》で、ほとんど部署にはいない。

経営会議のための打ち合わせや、プロジェクト会議があり、部署に戻ってくるのは定時の六時を過ぎることが多い。

加藤室長を観察して、ここまで彼が誰かと特段親しげにしている姿を見ることはできなかった。

仕事を終えて休憩室でココアを買っていると、女性の話し声が聞こえてきた。振り返ると、加藤室長と会社の受付にいる美人社員がいた。

「先日教えていただいたイタリアンレストラン、とっても美味《おい》しかったです」

「それはよかったです」

「今度、一緒に行きたいなぁって思いました」

甘ったるい声で話す彼女も、加藤室長を特別な瞳で見つめている。

真面目でクールで話しにくいと言われている加藤室長だが、ファンは多い。

……だから、多数の女の子と夜を過ごすことができるのだろう。

「機会があれば」

眼鏡を中指で押し上げて、すげなく返す加藤室長。彼の視線がこちらを見た。

「お疲れ様です」

なんとなく決まりが悪くて、俯《うつむ》き加減に挨拶をすると、彼がゆっくりと近づいてくる。

「先ほどメールをチェックしたのですが、いくつか追加してほしいところがありましたので、修正を入れて送り返します。明日、出勤したら確認してください」

仕事の話になったので、受付の女の子は口を尖《とが》らせて休憩室から出て行く。彼女がいなくなったことで、加藤室長はどこかほっとした表情になった。

「あの……私、お邪魔じゃなかったですか？」

おそるおそる尋ねると、彼は目を細めて口を開いた。

「彼女、最近よく話しかけてきてくれるのです。ですが、いつも特に用はないみたいで、少し困っていたんですよ」

「そうなんですか？　……モテてるってことなのでは？」

「興味本位で近づいて来られると、困りますね」

そう言って、彼は小さく冷笑する。

加藤室長の本心を聞いて、私は黙り込んでしまった。

あんな美人が言い寄っているのに、彼は歯牙《しが》にもかけない様子だ。やはり自分を好きになってもらうなんて無謀すぎる。

「気をつけて帰ってください」

呆然とする私に、加藤室長はクールに告げる。

「……お疲れ様でした」

私は頭を下げると休憩室を出て、家路についたのだった。


「――加藤室長の行動を観察してみたんだけど、やっぱり女性にモテてるみたいなの」

「さすが、経営企画部の室長だけあるわね。もし、付き合えたら将来は安泰だもんねぇ」

涼子が顎《あご》に手を当てて、感心している。

仕事が定時で終わった私は、涼子と待ち合わせて近くの居酒屋へ行った。

ビールで乾杯《かんぱい》して、料理をつまみながら他愛のない話をしていたが、いつしか話題は加藤室長のことになっていた。

「私を好きになってもらうなんて無理だよ」

「うーん、じゃあ、体の関係から始めてみたら？」

「は？」

涼子ったら東京に揉《も》まれたせいなのか、考えが過激になっている。

「加藤室長の弱点とかないの？」

涼子に質問されて、うーんと考える。

「アルコールが弱いらしいよ」

「それならなんとか二人きりで飲みに行って、お酒を飲ませる。そしてホテルに連れ込んで……」

「そ、そんな、無理無理！」

「相手はアルコールで酔っ払っているんだから、そういう関係になってしまったと匂わせるくらいでいいのよ。もしこれが成功したら、その後、一気にやりやすくなるって」

「な、なるほど。でも、どうやって誘おう……」

加藤室長は、いつも退社が遅く、何時に帰っているのかわからない。

「悩みがあるから聞いてほしい、と言って誘うのはどう？」

「う、うん。とりあえずそうしてみようかな」

うまく作戦を実行できるだろうか。

まずはなんとか一緒に飲みに行けるように頑張ってみよう。

涼子と別れて自分の家に到着すると、メイクを落としてシャワーを浴びた。少し眠いけれど、まだ起きていられそうだったので、英語の勉強をすることにした。

「あれ、これはどういう意味だっけ？」

テキストに出てきた英単語を調べようとスマホを取り出した、その時――

『――ぁっ、あぁ。――ん、あ』

今夜も隣の部屋から喘《あえ》ぎ声が聞こえてきた。

隣で加藤室長が知らない女性を抱いているのだと思うと、複雑な気持ちになってしまう。

あまり想像するのは、やめておこう。辛くなるだけだ。

私は耳栓をして、再び勉強に集中したのだった。

次の日、加藤室長を誘い出すチャンスをうかがっていたけれど、なかなか二人きりで話す機会がない。いつも忙しそうにしているので、話しかけるのにも躊躇《ちゅうちょ》してしまう。

そこへ、タイミングよく総務部の契約社員が郵便物を届けてくれた。室長宛の郵便物を仕分けた後、立ち上がり、室長室をノックする。

「どうぞ」

室長室に入ると、加藤室長は真剣な眼差しでパソコン画面を見つめていた。

涼しげな表情がとても格好いい。

彼の本性を知らなければ、間違いなくさらに好きになっていただろう。

加藤室長がパソコンから私に視線を移し、目をこちらに向けた。ドキッとして、一瞬呼吸が止まりそうになる。

「何かありましたか？」

「郵便物が届いておりましたので、こちらに置いておきます」

「ありがとうございます」

どうやって飲みに誘えばいいだろう。仕事中だとなかなかタイミングが難しい。

加藤室長が立ち上がってロッカーからコートを出した。

「これからアポイントで外出される予定でしたよね」

「そうです。……あっ」

加藤室長が腕を上げて困ったような表情になった。見ると、コートの袖のボタンが取れかかっている。

これから大事な約束があるので、直しておいたほうがいいだろう。

「まだ少しお時間ありますか？」

「ええ、早めに出ようと思っていたので」

「では少しお待ちください」

私は自分の机に戻ると、足元に置いてあるバッグの中から裁縫《さいほう》セットを取り出して、もう一度室長室へ行く。

「上質な生地なのでもったいないですが、もしよければ私が今仮縫《かりぬ》いしましょうか？」

加藤室長は若干目を見開いたが、すぐに冷静な表情になる。

「ありがとうございます。とても助かります」

「では、お借りしますね」

私はコートを受け取って、応接用のソファーに腰かけた。

手芸は小さい頃から母に教えてもらっていたので、わりと得意だ。

「とても手際がいいですね」

縫《ぬ》うことに集中していたため、加藤室長がすぐ近くで見ていたことに気がつかなかった。

結構な至近距離で目が合い、胸が締めつけられる。ダメダメ。加藤室長に恋をしたら火傷《やけど》をしちゃうんだから。

「はい、できました」

「ありがとうございます」

コートを受け取った加藤室長は、ボタンをチェックして微《かす》かに笑みを浮かべた。

「器用なんですね。こういうことをさっとできてしまうなんて」

褒《ほ》められると心が浮き立ってしまう。加藤室長って、女性をさりげなく喜ばせるのが上手いかもしれない。

ソファーから立ち上がった加藤室長が、いつもより柔らかい瞳で私を見つめていた。

「本当に助かりました。今度、何かお礼をします」

「いえ……」

いや、待って。もしかしてこれってチャンスかもしれない。

断ろうとしたが思い留まった。勇気を振り絞《しぼ》って加藤室長を真っ直ぐに見据えると、彼は少し驚いた表情を浮かべる。

「では、今度飲みに連れて行ってください」

「えっ？」

「色々と話したいことがあるんです。いつもお忙しそうなので遠慮しておりましたが、少しでいいので時間を取ってもらえないでしょうか」

思いがけない誘いだったのか、加藤室長は眉根を寄せて困っている。

「それは、仕事中ではいけないのでしょうか？」

「それだとお礼になりませんよ」

「……それもそうか」

右手を頭の後ろに持って行き、困惑している加藤室長。そんなに私に誘われることが迷惑なのだろうか。

胸がチクッと痛み、俯《うつむ》いてしまう。

「そんな悲しそうな顔をしないでください。二人きりというのはどうかと思うので、安藤マネージャーでも誘いませんか？」

「どうして二人きりだとダメなんでしょうか？」

「それは、星園さんがまだ若い女性だからです」

まさかそんなことを言われると思わなかったので、一瞬思考が止まる。

「いえ、私は加藤室長と二人きりで話したいんです。お願いします。どうかお時間を取ってもらえないでしょうか？」

私が一生懸命懇願するので、加藤室長は根負けしたようだ。鞄《かばん》の中から手帳を取り出して、スケジュールを確認してくれる。

「では、来週の金曜日はいかがですか？」

「えっ」

こんな近々《きんきん》に約束ができると思わなかったので、言葉に詰まってしまう。

「は、はい！　是非、よろしくお願いします！」

「こちらこそ。では、行ってきます」

「いってらっしゃい」

室長を見送ると、心臓が壊れそうなほど激しく動いていた。

作戦が着実に実行されていく。

加藤室長に好きになってもらって、私が懲《こ》らしめる。

そんなにうまくいくかわからないが、成功をイメージして突き進むしかない。これはあくまでも、正義でやっていることなのだから。

「あぁ、決戦の日を迎えちゃった……」

迎えた翌週の金曜日。ついに今夜、加藤室長と飲みに行くことになっている。

少しでも好印象を抱いてもらえるように、服装はかなり悩んだ。

上は女性らしいピンク色のアンサンブルで、下は小花柄のフレアースカートを組み合わせてみた。メイクを済ませて髪の毛をセットすると、改めて顔を見て深いため息をつく。

「童顔なのはどうしようもないよね」

どんなふうに話を切り出そうか。

昨夜からシミュレーションをしてみたが、なかなか想像がつかない。「私が隣に住んでいることを知っていますか？」と口を滑らせ、聞いてしまいそうだ。

それでは作戦を実行することも、次に会う約束を取りつけることも叶わなくなる。細心の注意を払わなければならない。

しっかりと目を見つめて話をして、加藤室長と距離を縮めよう。

急遽《きゅうきょ》入る仕事などなく比較的平穏な一日を過ごし、あっという間に定時になった。

安藤マネージャーと板尾リーダーは久しぶりに定時で帰ったが、瀬川マネージャーはもう少しかかりそうだ。私がここに残っているのもおかしな話なので、加藤室長にメモを渡して退社することにした。

『近くの喫茶店で待っているので、終わったら連絡ください』

メッセージとスマホの番号を書いてから室長室をノックして中に入る。

加藤室長は私の姿を見ると瞳を少しだけ揺らした。これから二人きりで飲みに行くから、意識しているのかもしれない。私だってものすごく緊張している。加藤室長を懲《こ》らしめる目的で彼に近づいていることに、気づかれるわけにはいかないのだ。

「本日は失礼させていただきます。こちらをご確認ください」

そっとメモを渡すと、加藤室長はそれを確認し、眼鏡を中指でクイッと上げた。

「了解です。お疲れ様でした」

室長室を出て、瀬川マネージャーに頭を下げると私は部署を出た。

加藤室長、本当に連絡をくれるかな……。

私は近くの喫茶店で、ココアを注文して、英語のテキストを開いた。

時間を見つけては勉強をしているが、みなさんが日常的に仕事でやり取りしているレベルには到底追いつかない。

お金に余裕ができたら、英会話教室にも行ってみようか。その前に引っ越し費用を貯めなきゃ。

生活費と実家への仕送りと奨学金の返済をしていると、なかなか貯金できない。引っ越しできるまでには、時間がかかりそう。先が思いやられる。

一時間ほど経過し、スマホに知らない番号から着信が入った。通話ボタンを押す。

「はい」

『加藤です』

声を聞くだけで心臓がドキンと動いた。これから二人きりで食事をするのだと思うと、そわそわしてくる。

『会社の近くのカフェというと、どちらでしょうか？』

「フラワーカフェです」

『わかりました。そちらまで迎えに行きます』

電話が切れると、私はテキストをバッグにしまう。

加藤室長が怪しまないように、まずは楽しい雰囲気を作ろう。

そうじゃないと、加藤室長も構えてしまうかもしれない。自然な空気感を作り出さなきゃ……

しばらくして、加藤室長の姿が見えたので外へ出た。

職場と歓迎会以外で初めて会う。正確には隣の部屋から出てきたのを見たことがあるけれど、あれはカウントしない。

外に出て目が合い、私は急いで駆け寄り頭を下げた。

「お疲れ様です」

「お疲れ様です。店は特に決めていないのですが、何か食べたいものはありますか？」

食べたいものが思いつかない。

心臓が口から飛び出てしまいそうなほど激しく鼓動を打っている。

「落ち着いてお話しできるところがいいです」

「わかりました。チーズは好きですか？」

「はい」

「近くにあるチーズフォンデュの美味《おい》しい店に行きましょう」

そう言って、彼は私を促しつつ歩き始めた。

並んで歩くと加藤室長って背が高いんだと改めて感じる。道路側を歩いてくれて車からさりげなく守ってくれるところなんて、とても紳士だ。本当に女性を弄《もてあそ》んでいるのかと疑ってしまう。

「こちらです」

彼が連れてきてくれたのは、オフィスビル街にひっそりと佇《たたず》む路面店だった。

中には八席ほどしかなく、照明が暗めで落ち着いた雰囲気だ。まるでデートみたい。

奥の窓側の席に案内されて、丸いテーブルに向かい合って腰をかける。

メニューを眺めている加藤室長の、俯《うつむ》き加減の顔がたまらない。

「星園さんは何を飲みますか？」

「では、サングリアを」

「自分は今日は電車で来たので、一杯ぐらいなら付き合っても」

「あまりアルコールが得意ではないのであれば、無理しなくていいですよ」

できればホテルに連れ込む作戦だが、お酒が苦手な人に無理に飲ませるのはやはり気が引けた。彼は申し訳なさげに頷いて、口を開く。

「ありがとうございます。では、ノンアルコールのサングリアにします」

注文してから早速、私は加藤室長に話しかけた。

「アルコールは元々苦手なんですか？」

「ええ。二十歳になった時少しだけ飲んだのですが、記憶をなくしてしまって。変なことをしてしまっては困りますので」

加藤室長が苦笑いを浮かべる。

「……ところで、話とは？」

加藤室長は表情を改めて、私に尋ねた。

「人違いだったら申し訳ないんですが、加藤室長と入社前に会ったことがあると思うんです」

私の言葉に、彼ははっとした表情になる。

「覚えていましたか？」

「はい。痴漢《ちかん》から助けてくれましたよね」

「助けたというか、当たり前のことをしただけです」

「いつか改めてお礼を言いたいと思っていたんです。あの時は、本当にありがとうございました」

頭を深く下げる私に、加藤室長は「いえ」と首を横に振る。

「もしかして、話したいことってこれだったんですか？」

「はい」

「なんだ」

私が頷くと、加藤室長は安堵した様子で小さく息を吐いた。

「仕事が辛いとか、そういうことを言われるのかと」

「確かに大変な時もありますけど、勉強になることも多いです」

「そうでしたか。星園さんは前向きですね」

「あ、ありがとうございます。くよくよしても仕方がありませんし、失敗は成功の母と言いますから」

なんだか気恥ずかしくなって早口になってしまう私に、加藤室長はゆったりと微笑む。

「ええ、そうですね」

「ただ無駄に正義感が強いところが玉に瑕《きず》だな、と自分では思っています……」

「正義感が強いのはいいことではないですか？」

「余計なことに首を突っ込んでしまう時があって」

私はそう言ってガクッと肩を落とす。そんな私を見ながら、加藤室長はクスリと笑った。

「そうですか。それは気をつけたほうがいいかもしれませんね」

ドリンクと料理が運ばれてきて、グラスを合わせて乾杯《かんぱい》する。

「このノンアルコールのサングリア、甘くてとても飲みやすいです」

「こっちもアルコールが入っていると思えないぐらい美味《おい》しいです。チーズフォンデュも濃厚でたまりません」

頬を押さえて味の感想を言うと、加藤室長が優しく目を細める。

やはり、彼が女の人を取っ替え引っ替えしているなんて思えない。

「加藤室長は、時間ができたら何をしているんですか？」

「温泉巡りが好きで、一人でもあちらこちらと行ったりします。あとはテニスが好きで……。最近は一緒に行ってくれる人がいないのですが」

「テニスですか？　私、中学高校とテニス部だったんです」

「そうなんですか」

「大人になってから随分やってないので、自信はないですけど。でも、もしよければ私が相手しますよ」

「それはいいアイディアですね。ぜひ一緒にやりましょう」

そして加藤室長は、今日一番の笑みを見せた。

……あれ、めちゃくちゃいい雰囲気になっている気がする。

心臓がドキドキして、体が火照《ほて》ってしまう。

いけない、いけない。彼との会話が楽しくて、加藤室長を懲《こ》らしめるという目的を忘れかけていた。

ちらっと視線を動かすと、加藤室長の頬がだんだんと赤く染まっていく。

「……おかしいな」

加藤室長が、こめかみの辺りを押さえる。

さっきまでとは様子が違い、なんだか怠《だる》そうだ。

「どうしました？」

「……これ間違ってないですかね？」

そう言って、加藤室長はサングリアの入ったグラスを指差す。

そういえば私は全然酔っ払った感じがしない。

まさかと思って、加藤室長のグラスに入っているサングリアを一口飲ませてもらう。

「……アルコール入ってますね、これ」

「ですよね」

店員さんが間違ったのかもしれない。

加藤室長を見ると、眠そうにしている。倒れてしまっては困るので、まずはお店を出ることにした。

会計を済ませた後外に出て、足元のおぼつかない加藤室長をなんとか支えながら歩く。

「大丈夫ですか？」

「申し訳ない。少し横になったらよくなると思うのですが」

「少し休まれたほうがいいですね」

その時、ビジネスホテルが目に入り、涼子の言葉を思い出す。

――なんとか二人きりで飲みに行って、お酒を飲ませる。そしてホテルに連れ込んで……

早速、その状況を作り出すことができるかもしれない。

なんだか、お持ち帰りするみたいで躊躇《ちゅうちょ》したが、加藤室長は今にも吐いてしまいそうなほど顔が青い。

「加藤室長、倒れたら危ないので休んでいきませんか？」

「そうすることにします」

とんとん拍子に話が進んでいる。

部屋が空《あ》いていたらいいのだけど……。とりあえず見つけたホテルに入り、加藤室長をロビーのソファーに座らせてフロントに行く。

「二名なのですが」

「二人部屋はダブルベッドの部屋がございますが、いかがいたしましょうか？」

それしか空《あ》いてないなら仕方がない。早く眠らせてあげないと。

「お願いします」

チェックインを済ませると、私は加藤室長を支えながらエレベーターに乗り込んだ。

部屋に到着するまでの間、加藤室長は「すみません」と何度も謝ってくる。

背の高い加藤室長を支えるのはかなり大変だった。やっとのことで部屋に着いてベッドに寝かせる。

「ふぅ……。加藤室長、大丈夫ですか？」

「……」

反応がない。

確認すると、驚いたことに加藤室長はもう眠っていた。

無防備な寝顔ですうすうと寝息を立てている。いつもキリッと引き締まった顔をしているのに、なんだか可愛らしい。

私は、彼の眼鏡をそっと外して机の上に置いた。

男の人と思えないほど肌が綺麗だ。唇の形も整っている。

なんだか寝苦しそうなので、ネクタイを緩めてあげた。ジャケットを脱がせて、ワイシャツのボタンを外していく。

男性の体に触れるのは元彼以外で初めてだ。

緊張からボタンを外す手が震える。

ワイシャツを脱がせると、加藤室長は半袖の白いシャツだけになる。

鍛《きた》えられた無駄のない体が目の前に現れ、頬が熱くなるのを感じた。

ベルトにも手をかけるが、加藤室長はピクリとも動かない。

カチャカチャと金属音を立ててベルトを取り、スラックスのボタンを外した。手をかけて前を寛《くつろ》げると、ボクサーパンツが目に入る。

「本当にいい体してるなぁ……加藤室長」

ずっと見ていても飽《あ》きない。このルックスを武器にして、女性を弄《もてあそ》んでいるのだろう。

棚ぼた的な状況ではあったものの、私は加藤室長と同じ部屋に泊まることに成功した。

この状態で私が添い寝をしたら、目覚めた加藤室長はきっと驚くだろう。そうすれば弱みを握れて、またプライベートで会ってもらえる。

何度も二人きりで会っていれば、普段はあんなに真面目な加藤室長が、どうして複数の女性と戯《たわむ》れることになったのか聞き出せるかもしれない。

作戦を決行しようと思い、私はすっくと立ち上がった。

アンサンブルとスカートを脱いで、キャミソールと下着も外してバスローブを羽織《はお》る。

……うーん。なんだか寝つけないし、シャワーでも浴びてこよう。

私は、自分の気持ちを落ち着かせるためにバスルームに向かった。


入浴を済ませて部屋に戻ってくると、加藤室長は横向きになって寝ていた。

部屋の電気を薄暗くしてから、起こさないようにそっと布団の中に潜り込み、彼を背にして寝転がる。

すると、後ろから寝息が聞こえてきた。ぐっすり眠っているとはいえ、下着以外に何も身につけていない状態で男性と添い寝をするなんて緊張してしまう。加藤室長が目覚めたら、私を見てどんな表情をするのだろう。

息苦しい胸に手を当てながら目を瞑《つむ》った、次の瞬間――

「きゃっ」

突然、背後から抱きしめられた私は小さく悲鳴をあげた。

ど、どういうこと？

驚いて頭を彼のほうに向けると、彼は虚《うつ》ろな瞳で私を見つめていた。

「……ダメだろ、夢にまで見るなんて……。確かに可愛いけれど……」

「……加藤室長？」

加藤室長は自分の頭をぐしゃぐしゃとすると、私の首に鼻を寄せた。

「ずいぶんとリアルだな。いい匂いがする」

「え？」

もしかして、寝ぼけているの？

困惑しながら見つめていると、加藤室長が私の体を反転させて、ぎゅっと抱きしめた。

そのまま、私の首筋に熱い舌を這《は》わせる。

「加藤室長……い、やぁ……」

思わず甘い声が漏《も》れてしまう。

必死に加藤室長の胸を押し返すが、彼は私の両手をあっさり捕まえ、頭の上で押さえつける。そして、体に巻いてあるバスローブの帯に手をかけた。

「えっ……ちょっと待ってくださいっ」

ゆっくりとバスローブを脱がされてしまい、私は一糸纏《いっしまと》わぬ姿になった。

薄暗いのでほとんど見えないとは思うけれど、あまりに恥ずかしい。必死に手を動かすがびくともしない。酔っ払っているというのに、強い力だ。

「俺は……年下が好みだったのか……」

「はい？」

加藤室長の顔が胸に近づく。唇が開いたかと思うと、舌が伸びて胸の先端をペロリと舐《な》めた。

「あぁっ……んっ……」

真っ赤な舌が乳首にねっとりと絡みつき、音を立てて根本から吸いつく。器用に舌で転がされると、そこはどんどん張り詰め、さらに敏感になっていく。

唇が離れたかと思うと、今度は親指で乳頭を弾《はじ》かれ、電流が走り抜けたかのように体が跳ねた。

「やっ……んっあぁ。か、加藤、室長ぉっ」

ただ単に添い寝して彼を騙《だま》すつもりだったのに、なぜか襲われてしまっている。

加藤室長は両胸を揉《も》みしだき、円を描くみたいに動かした。その手つきが淫《みだ》らで、羞恥心《しゅうちしん》を煽《あお》る。

「あっ、あぁ……ん、あっ……」

「柔らかい……。大きさもちょうどいい」

彼は胸の形が変わるほどめちゃくちゃに揉《も》み、人差し指と親指で胸の先端をつまんで擦《こす》り合わせる。

「ひゃあっ！　あ、んんっ……」

「可愛い」

艶《つや》っぽい声で囁《ささや》かれると、全身が麻痺《まひ》したように痺《しび》れる。さすが、遊び慣れているだけあって、女性の体をとろけさせるプロだ。

「あっ……んっ……んぁっ……」

片方の胸は指先で弄《いじ》りながら、もう片方の胸を長い舌でペロペロと舐《な》める。

胸しか触られていないのに、感じきった私の体は何度も小さく跳ねた。

もっと先に進んでほしい……

複数の女性を弄《もてあそ》んでいる最低な男性だとわかっているのに、私っておかしいのかもしれない。

自分の心臓の音が耳の奥で響き、全身が火照《ほて》ってくる。

ジュルジュルと室内に響く濡れた音が淫靡《いんび》で、このまま最後までしてもいいとすら思ってしまう。

しかし、唐突に彼の動きが止まった。

「……ん？」

不思議に思って加藤室長に目を向けると、彼は私の胸の上で眠っていた。私の胸にペッタリと頬をつけて、気持ちよさそうに寝息を立てている。

「……えっ、本当に寝てるの？」

肩を揺すったり腕を叩いたりしてみたが、全く反応がない。爆睡している。

私はなんとか彼を自分から引き剥《は》がして、ベッドの上に寝かせた。そして、バスローブを巻き直し、加藤室長の隣に再び添い寝する。

今やってしまったこと、加藤室長はどれぐらい覚えているかな……

未だうるさい心臓の音を感じながら、私は無理やり目を閉じたのだった。


ベッドのスプリングが激しく揺れた。

何事かと思って目を開くと、慌てて起き上がっている加藤室長が視界に入る。

「……眼鏡」

眼鏡をしないと周囲がほぼ見えないようだ。

ベッドから抜け出して、机の上に置いてある眼鏡をかけると、加藤室長が呆然とした様子で私を見つめた。

髪の毛が撥《は》ねていて、ぽかんと口を開けている姿は、いつもの洗練された大人の余裕を漂わせる加藤室長とは全く違っている。こんな彼を見られるなんてレアだ。

「……星園さん……ですよね……？」

私はバスローブ姿のまま体を起こし、ゆっくりと頷いた。加藤室長の顔がみるみる強《こわ》張《ば》っていく。

これは、もしかして作戦成功かもしれない。

絶対に抱いてしまったと勘違いしている。

「おはようございます」

「なぜ、あなたがここに……？」

本当に覚えていないみたい。ということは昨夜、私の体を触ったのは、私に魅力を感じたわけではなくいつもの性癖ということか。

「覚えてないんですか？」

加藤室長は、必死に思い出そうとしている様子で、眼鏡を中指でクイッと上げた。

申し訳ないけれど、ここは弱みを握るチャンスだ。私はわざとしおらしい態度で呟いた。

「あんなに気持ちよくしてくださったのに、覚えていないんですね」

「えっ」

加藤室長は心底驚いた顔をして、口元を手の平で覆《おお》い隠した。信じられないとその表情が語っている。

「店員さんが、間違ってアルコール入りのものを渡してしまったみたいで……。加藤室長が酔ってしまわれたので、ホテルに一緒に泊まろうという話になったんです。加藤室長とひとつになるなんて……思わなかったです」

「ひとつ……」

「……激しかったです」

「……激し……」

放心状態の加藤室長を置いて、私はパタパタと洗面所へ向かう。嘘をついたことは後ろめたいけれど、作戦は成功したのだ。これは、悲しむ女性を減らすための正義への第一歩。加藤室長には一途な人になってもらいたい。

着替えとメイクを済ませて部屋に戻ると、スーツをピシッと着た、いつも通りの加藤室長に戻っていた。

私の目の前に来ると、彼は体を九十度に曲げて頭を下げる。

「本当に申し訳ないことをしてしまいました。万が一のことがあれば、責任を取らせていただきます」

万が一のことって、私が妊娠したらということを言っているの？

未遂だからありえないけど、否定したら怪しまれる。とりあえず何も言わないでいると、彼は真剣な眼差しを私に向けた。

「星園さんの気持ちを聞かせていただけませんか？」

「えっ？」

私の気持ちって――？

加藤室長を懲《こ》らしめるために近づいたのだ。なぜか今、胸が痛くて辛いけれど、懲《こ》らしめる目的以上の感情なんて必要ない。

「私の気持ちを知ってどうするつもりですか？」

いつもより少し冷たい口調で尋ねる。加藤室長は体の横に垂らした手をぎゅっと握る。その姿は感情を抑えているように見えた。

「申し訳ないですが、同じ部署にいるうちは付き合えません。評価が適正にできないので、部下には手を出さないと決めていたんです。それなのに……自分が情けない」

彼の真面目すぎる発言に、私は目を丸くした。

本当に加藤室長が隣に出入りしている人なのかと疑いたくなる。

「もしあなたが自分に少しでも気があるのであれば、嬉しいと思ってしまうのは事実です。そうでなければ簡単に手を出しません。アルコールを飲んだとしても、そんなこと……しません」

ぐっと奥歯を噛みしめ、真っ直ぐな目でこちらを射貫く彼を前に、私は言葉がでない。

今の台詞《せりふ》、まるで告白されているみたいだ。

加藤室長の勝手な行動によって、悲しむ女性を救いたいってもちろん思っている。しかし、彼のこういう誠実な部分が演技に思えないからこそ、私は頭の中がぐちゃぐちゃになり、彼への気持ちがわからなくなるのだ。

「私も、加藤室長のことが嫌いだったらホテルに置いて帰りました」

今、私が伝えられる精一杯の気持ちだ。すると、彼は嬉しそうに目を細めた。

「その言葉を聞けただけで、今は充分です。自分も星園さんのことを時間をかけて真剣に考えます。そして、どちらかが部署異動した時にお互いが本気で想い合っていたら、その時、正式にお付き合いしていただけませんか？」

目的があって、一夜の過《あやま》ちを装《よそお》おうとしていた私に対して、加藤室長は真剣に考えてくれている。いたたまれない気持ちになる中、私はつい最近まで募らせていた彼への想いが燻《くすぶ》るのを感じた。

「……そんなのずるいです」

「え？」

「部署異動なんて、いつあるかわからないじゃないですか」

「それはそうですが……」

「たまにでいいので、一緒に食事がしたいです。会社以外の場所で会いたいです」

加藤室長は少し考え込むと、一つ頷いた。

「わかりました。仕事が優先になってしまいますが、できるだけ会いましょう」

その言葉にはっと顔を上げると、加藤室長は今までに見たことがないくらい優しい瞳をしていた。

結局作戦は成功したけれど、どういうわけか私の脚の震えは止まらなかった。

第四章　好きが募る

加藤室長と一夜を共にしてから、最初の月曜日。会社に行くと加藤室長と目が合ってしまい、私の心臓は驚くほど激しく動いた。

加藤室長もかすかに表情を動かしたけれど、いつもと変わらずクールな雰囲気を崩さない。

「おはようございます」

「お、おはようございます」

私が挨拶を返すと、彼はすぐに室長室へ入っていく。

ここで働いている限り、やはり私と加藤室長は上司と部下の関係でしかないのだ。

期待しているわけではないけれど、ちょっぴり寂しい。って、何を考えちゃっているの。

本来の目的は彼を懲《こ》らしめることなのだ。そこを忘れないようにしないと……！

「鈴奈ちゃん、ちょっといい？」

「は、はい」

板尾リーダーに話しかけられて、私は急いで振り返った。

「金曜日にある経営会議の資料を作っているんだけど、その中の一つの表の作成を手伝ってもらえるかな？」

「わかりました」

説明を受けた私は、早速パソコンに向かって表を作り始めた。作業をしていると、安藤マネージャーも話しかけてくる。

「星園さん、それ終わったらこっちもお願い」

「了解です」

今週の金曜に予定している経営会議は、重要事項が多く、朝から晩まで行われる大きなものらしい。そのため、事前の準備にも手間がかかり、最近はかなり忙しかった。そんな時に加藤室長はわざわざ時間を作って飲みに行ってくれたのだ。

私は申し訳なさで胸が一杯になると同時に、彼の優しさを再び感じたのだった。

「大丈夫？　疲れた顔をしてるけど」

「……今週は結構ハードで」

木曜日のランチタイム。

やっと涼子とタイミングが合って、一緒に食事することができた。月曜にスマホにメッセージが届いていて、今日、加藤室長と進展があったか報告をすることになっていたのだ。

「どうだったの？」

「あぁ……うん。えっとね……」

私はしどろもどろになりながら、涼子に説明する。

「……ということは、体の関係を持ったってこと？」

「ち、違う！　未遂だったの！」

「なにそれ。男女が二人っきりで、何もなかったなんてあり得る？」

「本当にお酒が弱いみたい。朝になったら、加藤室長がかなり焦っていて」

「関係を持ったと勘違いしたのね。その上で一緒に食事がしたいですって言ったんだ」

「そう。懲《こ》らしめるために近づくのが目的だから」

涼子が身を乗り出して、私をじっと見つめてきた。

「鈴奈さ、本気で好きになっちゃったんじゃないの？」

「ま、まさかっ」

好きになりそうだったことは事実だけど、私は一途になれない男性を絶対に許せない。

「まあ、そうだよね。鈴奈は絶対に浮気を許せないもんね」

「加藤室長がそんなことをしていないって信じたいけれど、実際に隣の部屋から出てきたし……」

「じゃあ何回かデートを重ねて、鈴奈に好意を持ってもらったら、作戦決行っていうことね」

「好意まで持ってもらわなくても、加藤室長があういうふうになったキッカケを聞き出して説得はしたいな。だから、『加藤室長と親密になる作戦』に変更」

「恋人になっちゃえばいいじゃん」

「無理だよ。だって加藤室長って、やっぱりエリートで生きる世界が違うの」

「そっか。まあ、あんたが言うなら陰ながら応援する。けど、鈴奈が加藤室長を騙《だま》してたってばれた時、クビにならないよね？」

「それでクビにしたら訴えてやる」

私がガッツポーズをすると、涼子は苦笑いを浮かべた。

「鈴奈って学生時代から正義感が強かったよね。いじめている人がいたら、先頭に立ってそのグループのリーダーを叱《しか》りつけていたし。それでちゃんとみんなが仲よくなるんだから、大したもんだよ」

「曲がったことが大嫌いなの。もう少し見過ごすことができれば、楽に生きられるかもしれないけどね」

心からそう思う。正義は勝つと信じているけれど、真っ直ぐすぎる自分の性格をなんとか丸くできないものか。

ランチを終えて部署に戻ると、明日使う経営会議の資料作成を引き続き行う。

印刷を終えて、会議資料をホッチキスで止めていく。

「……うっそ！　この数字、古いじゃない！」

その資料を確認していた安藤マネージャーが、突然ものすごく大きな声を出した。

どうやら、ミスを発見してしまったようだ。

「星園さん！　あなた、ちゃんと数字チェックしてくれた？」

安藤マネージャーがそう言って鋭い目を私に向けてくる。しかし、その資料は、安藤マネージャーに渡されたデータを元に私が作成したのだ。つまり、彼女が誤って更新されていないデータを私に渡したのである。

しかし、板尾リーダーも瀬川マネージャーも、安藤マネージャーの剣幕に何も言えない。

最悪の空気の中、私は安藤マネージャーの怒号を浴びる。

「今すぐ直して。イントラにアップしている内容見たらわかるはずだから」

そこに加藤室長が戻ってきたが、挨拶する余裕すらなかった。

急いで資料を修正する私の横で、加藤室長が先ほどの会議資料を一部手に取り、チェックし始める。そして安藤マネージャーに向き直ると、おもむろに口を開いた。

「各事業部門の利益計画や、予算などの数字を纏《まと》めることまでは星園さんでもできます。ですが、そのデータの取りまとめは、安藤マネージャーしかできない仕事です。もしかして、あなたが星園さんに渡したデータを間違えたのではないですか？」

加藤室長が指摘すると、安藤マネージャーははっとして、落ち着きを取り戻した。そして、誤った会議資料をもう一度冷静に見直し、元データと照らし合わせる。

「これ、私が間違った資料を星園さんに渡してしまっていたのね……」

安藤さんはそう呟くと、顔を青くして私に頭を下げた。

「星園さん、ごめんなさい。これはあなたでなく私のミスよ」

「い、いえ。私も作成前に気づかなかったのがいけないので」

いつもクールで淡々としている安藤マネージャーが頭を下げる姿に、どぎまぎしてしまう。

その後、加藤室長が的確に指示してくれたおかげで、その場の雰囲気は元通りになった。

ようやく資料を修正し終えたのは、日付が変わる頃だった。

会議資料が無事完成して、経営企画チームの中にはほっとした空気が流れている。

「間に合ってよかった」

板尾リーダーが安堵したように言うと、安藤マネージャーも瀬川マネージャーも頬を緩めて息を吐いた。そんな中、加藤室長だけは顔色を変えず、悠然としている。

「みなさん、お疲れ様です。明日に備えて今日はゆっくり休んでください」

加藤室長は一言告げると、室長室に入って行った。

私は安藤マネージャーに近づいて、小さな声で話しかけた。

「今日は私の確認ミスでご迷惑をおかけしてしまい、申し訳ありませんでした」

するとと、安藤マネージャーはゆっくり首を横に振り、恥ずかしそうな顔をする。

「昼間も言ったけど、今回は私のミスよ。むしろ大人気ない態度を取ってしまって、申し訳なかったわ。今日は一緒に頑張ってくれて、ありがとう。また明日もよろしく」

安藤マネージャーは少し耳を赤くしながらそう言うと、部屋を出て行った。厳しくて難しい女性だと勝手に感じていたけど、こうして私のような部下にも心を尽くしてくれる。

安藤マネージャーの新たな一面を知り、疲れている体と裏腹に、私の心は弾《はず》むのだった。

次の日は、朝から経営会議でバタバタと忙《せわ》しなかった。ランチタイムを終えて午後からも会議があり、部署内の空気はさらに張り詰める。

私に手伝えることがないかと待機していると、加藤室長が近づいてきた。

「星園さん、資料の配布を手伝ってもらえますか?」

「承知いたしました」

「では、星園さんと先に行きます」

他のメンバーに一言告げると、加藤室長と私は部署から出た。同じフロアにある大会議室に向かうため、後ろをついていく。

背が高くて姿勢のいい加藤室長の凛《りん》とした後ろ姿に、胸が高鳴る。

会議室に到着すると、加藤室長がテキパキと指示を出した。

「机がスクール形式になっているので、顔が見えやすいように並べ替えます」

「はい」

二人でやると作業がとても速い。あっという間に机を動かし、加藤室長はプロジェクターの準備に取りかかる。テーブルに会議資料を配布し終えると、他の社員や経営陣が続々と入ってきた。

「室長、例のプロジェクトだが疑問に思っている点があってだね。——の件なんだが……」

早速、壮年の気難しそうな役員が加藤室長に話しかけている。

加藤室長は眼鏡を上げて丁寧に答えた。

「そちらの件につきましては、今回の議題でも取り上げております。いくつか事前に改善案を纏《まと》めておりますので、一度ご検討ください。またご相談させていただきます」

「そうか。頼んだぞ」

役員は満足げに頷くと、加藤室長の肩を叩いて席についた。

彼が経営陣と堂々と会話する姿に、素直にすごいと感じる。

準備を終えたので出ていこうとすると、そこに社長が入ってきた。

ブラックのオーダーメイドだろうスーツに身を包んだ、ダンディーなオジサマだ。背が高くて、眼鏡をかけている。鋭い目とロマンスグレーの髪も相まって、シャープな印象を受ける。

「お、お疲れ様です」

三道商事は誰もが認める大手商社。そんな会社のトップにお目にかかる機会なんて、一般社員にはそうそうない。

緊張で声を上ずらせつつ、勢いよく頭を下げる。それからおそるおそる顔を上げると、社長は柔らかく笑ってくれた。

「お疲れ様。君はたしか、アシスタントをしている星園さんだね。頑張ってくれているようだな。これからもよろしく頼むよ」

「ありがとうございます」

経営企画室で働いていなかったらなかなか話せる人ではない。そんな人が、まさか平社員である私の名前を覚えてくれているとは思っていなかったので驚いてしまう。

加藤室長がさっと近づいてきて、耳打ちする。

「星園さん、お手伝いありがとうございました。後は大丈夫ですので、部署に戻ってください」

「わかりました」

「とても助かりました」

加藤室長は冷静な表情をそのままに、口元に微笑を浮かべた。それだけなのに、私の耳は千切れそうなほど熱くなる。

ドキドキとうるさい心臓に気がつかないふりをしながら、私は会議室を後にした。

◆

経営企画室に異動になり、早三ヶ月。気づけばもうすぐ師走《しわす》だ。

徐々にではあるものの、アシスタントとして業務にも慣れてきた。

今日のランチタイムは、自分の席で大人しく食べていた。部署内は私以外誰もおらず、閑散《かんさん》としている。

そう言えば、最近はあまりお隣から情事の声が聞こえてこない。

早く食べ終えて英語のテキストを開いたけれど、どうにも集中できず、私は加藤室長のことを思い浮かべた。

部署内は年末に向けて落ち着いているが、加藤室長は大きなプロジェクトを抱えていて忙しいそうだ。

ホテルでのことがあってからそろそろ一ヶ月が経とうとしているが、あれからプライベートで一度も会っていない。作戦を決行するために二人きりで会う必要があるけれど、自分から誘いづらい。

——自分も星園さんのことを時間をかけて真剣に考えます。

加藤室長が言ってくれた言葉を思い出す。

加藤室長も、私のことを思い浮かべる瞬間はあるのだろうか。会社以外の場所で会うなんて約束は、その場しのぎの言葉だったのかもしれない。

「ただいま」

加藤室長の声が聞こえたので、私はテキストから顔を上げる。

今日は水曜日だから、加藤室長はおそらく病院に行っていたのだろう。

ホワイトボードの『ランチ』の文字を消すと、彼は私のほうを振り返り、中指で眼鏡をクイッと上げた。

久しぶりにしっかりと目が合い、ぎゅっと心臓をつかまれたように胸が苦しくなる。

「英語の勉強は順調ですか？」

「は、はい。一月頃に検定を受けてみようと思っています」

「そうですか。頑張ってください」

加藤室長はゆっくりと近づいてきて、私の隣の席に腰かけた。二人きりでこんなに近い距離にいると、変に意識してしまう。

「今は昼休みなので、少しプライベートのことを話してもいいですか？」

加藤室長の予想外の言葉に、私は目を瞬《しばた》かせる。こくりと頷くと、彼は小さく咳払いをして、決まりが悪そうに口を開いた。

「少し仕事が落ち着いてきたので、もしよければ約束通り食事でもどうですか？」

「えっ」

まさか誘ってくれると思わなかったので、声が裏返ってしまった。

「もしお忙しいなら、今の話は聞かなかったことにしてください」

「い、いえ、違います！　……お誘いいただけると思っていなかったので、びっくりして。あの……嬉しいです。ぜひ、行きたいです」

私ははにかみながら彼を上目遣いに見た。

加藤室長は口元を手で押さえて目をそらす。よく見ると、耳の上が少し赤い。その姿はまるで照れているようだ。

彼は、胸ポケットから手帳を取り出してスケジュールを確認する。

「急なのですが、次の土曜日、ご都合いかがですか？」

「大丈夫です。空《あ》いています！」

つい声が弾《はず》み、頬が緩む。

い、いや。この笑顔は、加藤室長に気があるようにしなきゃ疑われるからであって、恋じゃない。違う、恋じゃない。

「では、待ち合わせしましょう。スマホに連絡を入れます」

「わかりました。楽しみにしています」

「楽しみですか？」

「はい。とっても」

そう言ってにっこりと彼を見つめる。この胸のドキドキは何なのだろう。そこに板尾リーダーが帰ってきてしまった。

「お疲れ様です！」

「お疲れ様です。星園さん、英語の検定試験を受けるようですよ」

加藤室長が立ちながら言うと、板尾リーダーが近づいてきて、私のデスクに広げてあったテキストを覗き込んだ。距離が近いのでちょっぴり嫌だ。

「へぇ、偉いな。応援してる」

あろうことか、板尾リーダーは加藤室長が目の前にいるというのに私の頭を撫《な》でてくる。

板尾リーダーはとても人懐っこい性格で、愛想も顔もいいため社内での評判も上々だ。でも、私は……加藤室長のほうが……違う。好きじゃない。懲《こ》らしめるためにやっているんだから！

そこに安藤マネージャーが戻ってきた。

「英語の検定を受けるみたいですよ」

板尾リーダーが安藤マネージャーに教えると、彼女は「努力家ね」と褒《ほ》めてくれる。

「あまり根を詰めると疲れてしまうから、たまには気を抜くのよ」

「ありがとうございます」

安藤マネージャーが温かい言葉をかけてくれてほっこりした。


仕事を終えて家に戻った私は、簡単な野菜炒めを作って夕食を済ませた。

帰りの電車の中で加藤室長からメッセージが届いていた。

『土曜日はあえてプランを決めないで会いたいと思っています。あなたとならどこに行っても楽しいと思うから。二人でまったりした時間を過ごしたいです』

まるで恋人に対する言葉みたいで、私は頬を熱くする。

「私といて楽しいと思ってくれてるんだ、加藤室長」

服装はどうしよう。

あまりたくさん持っていないけれど、衣装ケースから取り出して色々と組み合わせる。

やっぱりスカートがいいかな。加藤室長はどんな格好が好きなんだろう。

『――あっ、……んぁっ――』

瞬間、楽しい気分がかき消えた。

隣から久しぶりに聞こえてきた甘い声のせいで、一気に現実に引き戻されてしまう。

加藤室長が今、隣で知らない女性と抱き合っている。そう考えると、胸が痛くなった。

今すぐ隣の部屋に行って二人の邪魔をしたい。他の女の人になんて触らないで、と心が訴える。

でも、せっかく距離が近づいてきているのに、そんなことをしたら作戦が台無しになってしまう。私は両手で耳を塞《ふさ》ぎ、ぐっと堪《こら》える。

私は、本当に懲《こ》らしめたいという感情だけで動いているのだろうか。相手が加藤室長だから、余計に怒りを感じるのではないか。

……いや、この感情を突き詰めてはいけない。

私は自分の気持ちに気づかないふりをした。


土曜日、いよいよ加藤室長と出かける日になった。

今日は白のタートルニットのセーターに、ベリー色のふんわりとしたスカートを合わせた。足元はブーツを履《は》き、セミロングの髪の毛はハーフアップにして、いつもと少し雰囲気を変えてみる。

準備を終えて約束した駅へと向かう途中、自分の足取りが軽いことに気がついて立ち止まった。

私、今日、加藤室長と会えることでかなり浮き立ってる。こんなに嬉しいのに、私がやっていることは自分で自分の首を絞めるのではないのか。

モヤモヤと考えながら歩いていると、あっという間に待ち合わせ場所に到着した。

十分早く着いたが、加藤室長はすでに駅の前に立っていた。

柱に寄りかかっている加藤室長は、伏し目がちにスマホを眺めている。グレーのチェスターコートにネイビーのニット、白シャツを重ね着している。スキニーのデニムパンツと黒い靴という清潔感のあるファッションで、思わず胸が高鳴ってしまう。

私が小走りで駆け寄ると、加藤室長は私に気がついて背筋を正し、片手を軽く上げた。

「お疲れ様です。お待たせしました！」

「さっき着いたので待っていませんよ」

加藤室長はそう言って軽く微笑んだ。

彼があまりにも素敵なので、自分の服装が少し子供っぽいのではないかと心配になる。

思わず自分の服を確認していると、彼は私の顔を不思議そうに覗き込む。

「どうかしましたか？」

「もうちょっと大人っぽい服装をしてきたほうが、加藤室長に見合ったかなと……」

私の言葉に加藤室長は目を細める。

「とても可愛らしいです。似合っていますよ」

加藤室長は、耳をわずかに赤く染めながら褒《ほ》めてくれる。

そんな彼を前にして、私の胸の鼓動は、壊れそうなほどバクバクと大きな音を立てた。

今日一日、はたして私の心臓は持つのだろうか……

まずはランチをすることになり、二人並んで歩き始める。

近くにあったカフェに入り、小さなテーブルに向かい合って座ると、ものすごく近くに加藤室長がいるような気がして頬が熱くなる。

「……なんか、こういうの新鮮ですね」

私が照れながら言うと、加藤室長は中指で眼鏡を上げて口を開いた。

「周りがカップルばかりで恥ずかしいですね」

「この後は何をしましょうか？　映画でも行きませんか？」

「いいですよ。でも……星園さんはこんなおじさんと出かけて楽しいですか？」

「おじさんだなんて、とんでもない。室長はまだお若いじゃないですか。楽しいですし、落ち着きますよ」

素直な気持ちを伝えると、ポーカーフェイスの彼の頬が少し赤くなった。

私はミートソースパスタ、加藤室長はオムライスを選ぶ。ほどなくして注文した品が運ばれてきた。

「うーん、とっても美味《おい》しい」

私が加藤室長を見つめながらにっこり微笑むと、彼は優しく頷いた。

加藤室長と一緒にいると心が温まる。普通なら上司と二人で過ごすことになれば緊張するだろうけれど、彼は違う。

加藤室長は、私と一緒にいてどんなことを考えているのかな。

食事を終えると映画館に移動して、ポップコーンとドリンクを購入した。

映画を鑑賞する間も、私はドキドキしっぱなしだった。

時折肩が触れ合ってお互いに気恥ずかしくなり、会釈《えしゃく》し合ったり、同じシーンで笑い合ったり。楽しい時間だった。

映画館から外に出ると、夕方になっていた。

もう少し一緒にいたいけれど、そんなこと言ったら嫌がられてしまうかも。

なんとなく、加藤室長は大人の落ち着いた女性がタイプそうだし……

「面白かったですね。久しぶりに映画鑑賞した気がします」

「そうでしたか。付き合ってくださり、ありがとうございました」

二人でゆっくりと歩いていると、ふと雑貨屋さんが目に入った。思わずガラスに近づいて、ディスプレイされている商品をまじまじと見てしまう。

「可愛い」

「少し入って行きましょうか？」

「……いいんですか？」

「たっぷり時間があるので気にしないでください」

二人で店内に入ると、静かなオルゴールの音色が流れていた。

キュートな雑貨がたくさんあり、ついついテンションが上がってしまう。

「見てください。このマグカップ、ふたつ重ねるとハートマークになります」

「本当だ。よく作られていますね」

私がニコニコしていると、加藤室長がマグカップをふたつ手に持った。

「もしよかったら、このマグカップでコーヒーを飲みませんか？」

「え？」

私が首を傾げると、加藤室長は頬を少し赤く染めて、軽く咳払いをする。

……もしかして家に誘ってくれているの？

おそるおそる顔を覗き込んで確かめてみた。

「それって……加藤室長の家にお邪魔してもいいってことですか？」

「……もしよければ、ですけれど」

「――っ！　ぜ、是非、お邪魔したいです」

明るい声でそう言った後、私はしまったと思った。

もしも彼が隣の部屋に住んでいるのだとすれば、私の計画に気づき、作戦が無駄になってしまう。慌てて質問をしてみる。

「加藤室長のご自宅は、どの辺にあるんですか？」

「あぁ、目白《めじろ》です」

最寄り駅の名前を聞いて私はほっと息をついた。

自分の住んでいるボロボロのアパートとは、全く違う最寄駅だったからだ。

……ということは、やはり隣はセカンドハウス？

私を家に連れて行ってもいいのだろうか。お弁当を作ってくれる彼女さんは？

頭の中でぐるぐると考えていると、加藤室長は気まずげな表情になる。

「無理にということではないですよ」

「い、いえっ。行きたいです」

その後、加藤室長はマグカップをペアで購入してくれて、私は彼のマンションに向かうことになった。

彼の住むマンションは、駅からすぐの閑静《かんせい》な住宅街の中にあった。

重厚な佇《たたず》まいで、エントランスには高級感あふれる応接セットが置かれ、照明がさりげなく灯っている。これは庶民が住むのは到底無理なレベルの家だ。

自分の住むアパートとのあまりの違いに驚いていると、加藤室長はなんでもないようにオートロックを解錠《かいじょう》してエレベーターに乗り込む。

部屋の前に到着すると、彼はカードキーをかざして扉を開き、どうぞと背中を押してくれる。

「お邪魔します」

緊張しながら足を踏み入れたら、自動的に玄関の照明がついた。

加藤室長の家に来るなんて夢のようだ。鼓動が速まる。

でも……でも……絶対に好きにならないようにしなければいけない。

リビングルームに通されると、黒い家具で統一されたスタイリッシュな空間が広がっていた。

モデルルームみたいな空間で、人が生活している雰囲気がない。

「好きなところに座ってください。今、コーヒーを淹《い》れますから」

ソファーの端っこに腰かける。ささっと部屋を見回すが、女性が出入りしている感じはなかった。

彼女はいなくて、セフレだけいるってこと……？

ひとり悶々《もんもん》と推理していると、私の目の前にあるローテーブルにマグカップが置かれた。コーヒーのいい香りが漂ってくる。

「あなたは甘いコーヒーが好きでしたね」

砂糖までしっかり用意してくれた加藤室長は、優しく私を見つめる。

「ありがとうございます」

「先ほどからキョロキョロしているようですが、珍しいですか？」

「素敵な部屋だなと思いまして。すみません、不躾《ぶしつけ》ですよね……」

「いえ、構いませんよ。あまり生活感がない部屋ですよね。この家は寝るためだけに使っているんです」

――寝るためだけに使っている。

そして、女性と遊ぶのにはボロボロのアパートを使っているというわけか。以前推察した通り、やはり身分を隠したいから別の部屋を借りているのかな。

こんなに素敵な部屋に入ってしまったら、女性は加藤室長にとって特別な存在になろうとして、頑張ってしまうだろう。そういうのが煩《わずら》わしいのかもしれない。

「こうして部屋でゆっくりとくつろぐのは、いつ以来だろう」

宙を見つめながら加藤室長が呟いた。なんだかその声が少し寂しそうに聞こえる。

「仕事がずっと忙しかったので、気がついたら時間が過ぎていたというか。すみません。部下に何を話しているのでしょうか」

「今は部下とか上司とか関係なく、一緒に過ごしませんか？」

計算ではなく本心だった。

いつも完璧な加藤室長だけど、彼だってきっと寂しい時や誰かに甘えたい時もあるだろう。加藤室長は私の言葉に小さく笑い、口を開いた。

「お腹、空きませんか？」

加藤室長の部屋にいると思うと胸がいっぱいで、そんなこと全く感じなかった。けれど、確かにちょっぴりお腹が減ったかも。

「少しだけ、お腹が減った気がします」

「もしよければ、簡単に何か作りましょうか？」

まさかの発言に私が目を大きく見開くと、加藤室長がクスッと笑う。

「加藤室長は、お料理が得意なんですか？」

「一人暮らしが長いので、一通りのことはできます。そんなに美味《おい》しくないかもしれませんが」

「是非、いただきたいです！」

手作りの料理を食べさせてもらえるなんて、とても光栄なことだ。

私はお言葉に甘えて、食事を作ってもらうことにした。

彼は室内に包丁のリズミカルな音を響かせながら、手際よく食材を切っていく。そんな加藤室長の姿を眺めながら、ふと、彼の手作り弁当のことを思い出した。

「もしかして会社に持ってきていたお弁当って、ご自分で作ったんですか？」

「ええ。男が手作り弁当を持っていくなんておかしな話ですよね」

「いえ、全然！　でも、てっきり彼女さんが作ったのかと思いました」

私の言葉に加藤室長は目を丸くする。

「彼女？　もしいたら、こうして休日にあなたに会いませんよ」

太陽にパーッと照らされたかのように、心が軽くなる。

「簡単ですが、できました」

加藤室長は、作った料理を食卓に並べる。見ると、豚の生姜《しょうが》焼きと味噌汁とサラダが綺麗に盛りつけられていた。

「すごい」

「口に合うかどうかわかりませんが」

「いただきます」

豚の生姜《しょうが》焼きを口に入れる。程よい甘みがあってとても美味《おい》しい。

「お世辞抜きで美味《おい》しいです」

「よかった」

次々と料理を口に運ぶ私の姿を見て、加藤室長はゆったりと微笑む。

本来の目的をすっかり忘れて、楽しく談笑しながらご飯を食べた。食事を終えて時計を見ると、夜の八時を過ぎたところだった。

「すみません。もうこんな時間になっていましたね」

長居してはいけないと思い立ち上がると、加藤室長がどこか切なげな瞳を向けてくる。

「僕は……いつまでもいてもらって、いいのですが」

彼から放たれた言葉に、胸がドクンッと跳ねた。

それってどういう意味？

「え、えと。あの……」

いや、そんなに深い意味はないのだろうけど……

私は頬に熱が集まるのを感じながら、ぐるぐると考える。その時、ふいに涼子の顔が浮かんだ。これは関係を深めるチャンスだ。

「一晩だけでいいので、泊めてもらえませんか？」

「え？」

気がつくと、私は大胆な言葉を口走っていた。

こんなこと言うなんてちょっと危険かもしれない。でも、彼との距離をもっと近づけたかった。

加藤室長は顔を赤くして、眼鏡を中指で上げている。

「構いませんが……」

「お泊まりセットを何も持ってきていないので、近くのコンビニで買い物をしてもいいですか？」

「では一緒に行きましょう」

「あ、ありがとうございます！」

そこで私は歯ブラシと下着を購入した。加藤室長も飲み物やお菓子、その他に何か買っているようだ。

これから私と加藤室長は、どうなってしまうのだろう。男女が二人きりになれば、そういうことになる可能性は高い。

心臓が壊れそうなほどドキドキしている。

買い物を終えてマンションまでの道を並んで歩くが、二人の間には妙な空気が流れていて会話がない。

加藤室長の緊張が伝わってくる。

マンションに戻ってくると、加藤室長が落ち着かない様子で私を見た。

「もしよければ、先にお風呂をどうぞ」

「は、はい」

「何か着替えを用意しておきます」

一緒に入る展開にならなくてよかった。

そりゃ、加藤室長はそんな破廉恥《はれんち》なことは言わないだろうと、自分に突っ込みつつバスルームに向かう。

中には黒いバスタブがあり、統一感のあるシャンプーやボディソープのボトルが等間隔に設置されていた。まるでホテルだ。

加藤室長って本当にきっちりした性格みたい。

それなのに女の人を取っ替え引っ替えするなんて、ちぐはぐな感じがする。

体を洗っていると、いつも加藤室長からふんわりと漂う匂いがした。まるで彼に包まれているようだ。

あまり気持ちを引っ張られないようにしないと。

……でも、加藤室長って素敵だし……もし迫られたら、私はどうなっちゃうんだろう。

入浴を終えて脱衣所に移動すると、加藤室長のTシャツとスウェットが用意されていた。

袖を通すがやはり大きい。けれど、何も着ないわけにはいかないので着用させてもらう。こんな無防備な格好で加藤室長の前に出るのは恥ずかしかったけれど、大人しくリビングに戻った。

「お風呂ありがとうございました」

加藤室長は立ち上がってゆっくりと近づいてきた。

「やはり大きいですね？　動きにくくないですか？」

「ちょっとだけ」

「女の子が男物の服を着ていると、なんだか可愛いですね」

そっと彼の大きな手の平で頭を撫《な》でられ、全身が火照《ほて》っていく。私の顔は、きっと真っ赤になっているだろう。

するとと、加藤室長ははっとして手を離した。

「すみません、なんだか少しいやらしい発言でした」

「い、いえ」

「……お風呂に入ってきます」

加藤室長は頬をかくと、素早くバスルームへと消えていく。

私はリビングのソファーに脱力するように腰を下ろした。

ドキドキした。加藤室長に頭を撫《な》でられちゃった。でも……全然嫌じゃない。

あぁ、私ったら、何をエッチな想像ばかりしちゃってるの。もう嫌になっちゃう。

加藤室長と二人きりで会うと、彼を懲《こ》らしめるという目的を忘れて、もっと近づきたいと思ってしまう。

胸が締めつけられて、一つ一つの行動にときめく。

ダメだとストップをかけるほど、私の心は思わぬ方向へ進むのだ。

「はぁああ」

大きなため息をつくと、私と同じ服装をした加藤室長が戻ってきた。

それからソファーに並んで座り、二人で取り留めのないことをしばらく話していた。

ふいに、加藤室長が落ち着いた声で話しかけてくる。

「星園さんは、旅行会社で頑張っていたのに、どうして北海道から東京に来たんですか？」

悲しい過去を人に話すのは苦手だ。私はあまり他人に暗い顔を見せないようにしている。

しかし、加藤室長はすべてを包み込んでくれそうな人なので、スルリと言葉が出てしまう。

「同棲《どうせい》していた恋人がいたんですが、私の友人と浮気をして子供ができちゃって」

ぽつぽつと打ち明けると、加藤室長は神妙な面持ちで頷く。

「仕事は好きで辞めたくなかったんですけど、あのまま北海道にいるのはあまりにも辛かったんです。初めてできた恋人でした。彼を信用しすぎていたんですね、私」

私はつい俯《うつむ》いてしまう。

正人と恋人に戻りたいとは思わないけれど、あの頃のことを思い返すとやっぱり胸が苦しい。裏切りによって受けた心の傷は、きっと永遠に消えないのだろう。

その時、加藤室長の長い腕がそっと私を抱きしめた。同じボディソープの香りが鼻を掠《かす》めて、ドクンと心臓が動く。私は、状況が理解できずに固まってしまう。

「辛いことを思い出させてしまって申し訳ない。……大事にするから」

「ん？」

まるで恋人のようなことを言われ、加藤室長の顔を確認しようとしたものの、その間もなく彼の顔が近づいてきた。瞬《まばた》きすることさえ忘れていると、気づいた時には——彼と唇が重なっていた。加藤室長とのキスはこれが初めて。

私は混乱したまま動けなかったけれど、加藤室長の唇は私の唇の感触を確かめるみたいにキスをする。

彼の舌が唇を割って入り込み、口の中をかき混ぜる。

体に力が入らなくなり、気がつけば私はソファーの上に押し倒されていた。

アルコールは入っていないはずだけど、加藤室長ったら正気なの？

加藤室長の長い指が、Tシャツの上から私の胸にそっと触れた。綺麗な指先が私の胸の形を確かめるようになぞる。

「んっ……」

「綺麗な形をしていますね」

「いやぁっ……っ」

思わず口から出た言葉に、加藤室長の動きが止まり、じっと見つめられる。その目には微《かす》かに欲望の色が窺《うかが》え、私の体は熱を帯《お》びていく。

「嫌、ですか?」

そう真剣に問う彼の顔には、不安が見える。

作戦を成功させるために、私の取るべき行動は……なんて考えられなくて、無意識に口が動いた。

「……嫌じゃありません」

言った後、はっとする。なんてことを口走ってしまったのだろう。

しかし、加藤室長は嬉しそうに頷いて、上から覆《おお》いかぶさりながら口づけをした。食べられてしまうかと思うほど激しいキスを受けていると、口の中に舌が入り込む。

リップ音があたりに響き、淫《みだ》らだ。顔が少し離れると加藤室長の唇が唾液《だえき》で濡れていた。

大きな手の平が胸を包み込み、五本の指で丁寧に揉《も》みしだかれる。強すぎず優しすぎない絶妙な力加減で、すぐに乳頭がコリコリと硬くなってきた。

懲《こ》らしめようとして近づいたのに、どうしてこんなに気持ちよくなっちゃうの。

恥ずかしくて、目の前が涙で霞《かす》む。すると、ぴたりと彼の動きが止まって、加藤室長が私の顔を覗き込んだ。

「本当にいいんですか?」

「えっ」

「泣きそうな顔をしているから。無理矢理奪いたくないのです。ゆっくりでいいんですよ」

「は、恥ずかしいんです。せめて明かりを消して下さい」
消え入りそうな声で訴えると、加藤室長は困ったように眉尻を下げた。
「……本当に申し訳ないのですが、前回のことをほとんど覚えていないんです。なので
あなたのすべてを見たい。今日だけ自分の願いを叶えてもらえませんか？」
ここまで彼に求められることに喜びを感じる。でもやっぱり恥ずかしいものは、恥ず
かしい。
断わろうとした次の瞬間、Ｔシャツの中に手が入り込んできた。
素肌に触れられると、さらに敏感になり、心臓の鼓動が一気に加速する。
「スベスベしていますね。肌がきめ細《こま》かい。あぁ、興奮してしまいます」
加藤室長は、両方の手でウエストを優しく撫《な》でて感触を楽しんでいるようだ。お腹を
くすぐりながらゆっくりと手を上に移動させ、ブラのホックを外しダイレクトに胸を包
み込む。
手の平からあふれるほどの大きさの胸を優しく揉《も》みしだかれ、体の中心が熱くなる。
胸の先端を親指と人差し指でつまんで擦《こす》り合わされる。せめてもの抵抗として、唇を
噛み締めて加藤室長を睨《にら》むと、彼は小さく笑って先ほどより強い刺激を与えた。
「あっ……んっ……あぁっ、ゃっ」
甘い声が上がると、加藤室長は目を細める。

「感度がとてもいいんですね……。可愛らしい」

視線が絡むだけで、さらに体温が上がりそうだ。

「バンザイしてください」

両手を頭上に留められ、Tシャツを脱がされた。

加藤室長の瞳の中に、裸の私が映し出されている。見つめられるだけで体がムズムズとしてきて、脚を擦《す》り合わせた。

「綺麗です。たまらなく美しい」

顔が近づいてきて甘く大人なキスをされると、その唇が首筋へと滑り落ちていく。

鎖骨を舐《な》めて、窪《くぼ》みの部分に舌が這《は》う。

ゆっくりと下がって、胸の先端の周りをねっとりと攻められる。しかし、一番触れてほしいところには触れてくれない。焦《じ》らされ、もどかしくて体がピクピクと動く。

「……あ……んっ……ひゃっ」

加藤室長はそんな私を愛おしげに見つめる。

そして、口の中に胸の突起を含んで、コロコロと舌で転がす。気持ちよくて背を浮かせると、胸を差し出す格好になった。

背中に手を入れてきた加藤室長は、乳房をチュウチュウと音を立てて吸う。

「……加藤室長、あっ……んっ……」

「ここで室長はないでしょう。ほら、下の名前で呼んで。もっと気持ちよくしてあげますから」

余裕がない私は、加藤室長を涙目で見つめる。

「……誠一郎《せいいちろう》さん……」

「よくできました」

大きな手の平で私の頭を撫《な》で、彼は唇を耳元に寄せてくる。

「鈴奈さんに名前を呼ばれると、たがが外れそうになりますね」

「えっ……」

丁寧な口調で淫《みだ》らな言葉を言われ、ぼっと頬が熱くなる。

そんな私に意地悪な笑みを見せた後、彼は体を起こして私のズボンに手をかけた。

このまま抵抗しないでいると、最後までしてしまうだろう。でもとっくに冷静な思考を失っている私は、彼に身を委《ゆだ》ねた。

脱がされてショーツだけになると、彼は私の脚に手を添えた。

まるでガラスの靴を履《は》かせてくれる王子様みたい。

うっとりしながら見つめていると、彼は足の甲に口づけをした。そこから甘い電流が全身に広がり、腰がビクッと跳ねる。加藤室長は、そのままつま先を口の中に含んだ。

「汚いのでやめてください……」

彼は私の言葉を聞き入れる様子もなく、足の指の間を一本一本舐《な》める。

「あっ、ん……くすぐったい……です」

射貫くような瞳で見つめられ、私は目をそらせなくなる。

加藤室長は色んな女の人と関係があるだけあって、女性を喜ばせるのがとても上手だ。

罠《わな》にはまってはいけないと思っているのに。

私が罠《わな》にはめなければいけないのに、だんだんと堕《お》ちていく。

彼は、私の両膝の裏に手を入れて、脚を大きく広げさせた。

先ほどコンビニで買ってきた下着を身につけていることを思い出し、ぎゅっと目を閉じる。

「いつもはもっと、可愛い下着を着けているんです」

「そうですか。今度、違う下着姿を楽しみにしています」

「今度なんて――」

「ない」と言おうとしたのに、加藤室長はショーツの上に鼻先を近づけた。彼の熱い吐息を感じ、恥ずかしくてどうにかなってしまいそうだ。

「やめて……」

鼻先をグリグリと敏感な粒に押しつけられ、甘い声が漏《も》れてしまう。

「んっ……ぁあっ、誠一郎さん……そんなところ、触っちゃダメ」

「鈴奈さんは、ここを弄《いじ》られるのが好きなんですね」

そう言って、彼は人差し指で敏感な粒の上をトントンと優しく叩く。

「ひぁっ……っぁ！　す、好きなんて言ってません！」

「二人きりなのですから、素直になっていいですよ」

加藤室長がショーツの隙間から手を入れ、花びらの間をつっとなぞる。

奥から蜜がじゅわっとあふれる気がして、脚を閉じようとしたけれど、手で押さえつけられているので動けない。

「恥ずかしいですっ……」

「こんなにトロトロにしているのが恥ずかしいんですか？」

「言わないでください」

加藤室長はいつもとっても真面目で優しいのに、今日はなんだか意地悪だ。

言葉はとても丁寧だけど、行動がSっぽい。

「せっかく新しいショーツを買ってきたのに、汚してしまいましたね」

「意地悪……」

私は口を閉じて加藤室長を睨《にら》んだが、彼は熱を孕《はら》んだ目で愛おしげに私を見つめ返す。

するりとショーツが脱がされると、濡れているせいかひんやりとした。

人差し指と親指で花びらを開くと、コポッと蜜があふれる。彼は陶然《とうぜん》とした様子でそこを眺め、ふっと頬を緩めた。

「綺麗です」

「そんなに見ないでください」

彼は蜜口に中指を入れ、溜まっていた蜜をかき出す。ソファーを汚してしまうのではないかと思うほど、とろとろと出てくる。

「あっ……んっ……あぁっ……」

いつの間にかTシャツを脱いだ加藤室長の体が目に入り、息を呑む。細いのに筋肉がしっかりついていて、腹筋が綺麗に割れている。

漂う色香に、私は逃げるように目をそらした。

すると、立ち上がった加藤室長が私を横抱きにした。体が急に上がったので、びっくりして咄嗟《とっさ》に彼の首に抱きつく。

「きゃっ」

「ベッドに行きましょう」

彼は、そのままリビングの隣にある扉に向かって歩き出す。足で器用に扉を開けると、寝室に入った。

中央には大きなダブルベッドが置かれ、シーツも家具も黒系で統一されている。シンプルでお洒落《しゃれ》な雰囲気だ。

ベッドの上にそっと寝かせると、加藤室長はズボンを脱いで私を組み敷いた。

私の脚を大きく開き、秘所に指を這《は》わせる。強弱をつけながらぷっくりと立ち上がった蕾《つぼみ》を何度も擦《こす》られ、自然と腰が揺れた。

「……誠一郎……さんっ……っあん」

加藤室長は秘所に顔を近づけ、そこにキスをした。それから味わうように舌を上下させ、卑猥《ひわい》な水音を室内に響かせる。

シーツを握りしめながら快楽に耐えていると、彼は蜜口に人差し指を挿《さ》し込んで、入口をクルクルとかき混ぜた。

「……ふぁっ、んっ……もう、ダメ……ですっ」

「気持ちよくておかしくなりそうですか？」

ゆっくりと指が入ってきて、内側の壁を擦《こす》るたびに、ヌチュッと淫靡《いんび》な音が聞こえる。

「狭いですね。ちゃんとほぐしてあげないと壊れてしまいそうだ」

彼は甘い声で呟くと、指の動きを速めた。

加藤室長が体を折り曲げて胸の先っぽを舌で転がしながら、指を動かす。上からも下からも刺激を与えられ、身も心も加藤室長でいっぱいになる。

「はっ……ん、あっ……もう、あっ、イくっ！」

しかし、もう少しで達しそうなところで指を抜かれてしまった。彼は呆然とする私を愉快そうに見ている。

「指でイッちゃうんですか？　いやらしいですね。でも、イくのなら……」

そこまで言いかけて、加藤室長は先ほどコンビニで購入してきたのか、避妊具をさっと着けた。

「大切にしたいので」

加藤室長はくちゅりと音を立てて、私に深いキスをした。

ぼんやりとする意識の中で、私は『いいの？　本当にいいの？』と自問自答しながら、加藤室長のキスを受け入れる。

この口づけに愛情を感じるのはなぜだろう。

どちらかが部署異動するまでは付き合えないって言ってたのに……

じゃあ、今の私と加藤室長の関係は何？　セフレ？

私も、彼の不特定多数の女性の一人になってしまうのだろうか。

不安になって加藤室長を見つめると、眼鏡の奥の瞳と目が合った。私の髪の毛に手を差し入れて、愛おしそうに再度キスをくれる。

「鈴奈さんの髪の毛も綺麗だ。あなたのすべてが美しい」

甘いキスを繰り返しながら体を密着させると、彼は脚を割ってゆっくりと挿入した。

あまりの大きさに驚いて体が硬くなってしまう。

「んっ……」

「痛いですか？」

「いえ……ぁ」

加藤室長は私の顔を注意深く見つつ、優しく入ってくる。

圧迫感があるけれど、蜜を纏《まと》っているので、すんなりと奥へと進んでいく。

「ああ、たまらない」

歓喜の声を漏《も》らした加藤室長の表情を確認すると、目の縁《ふち》が赤くなっていた。奥に進むにしたがって、彼の欲情の色が濃くなる。

「全部、入りました」

「あっん、は、はい……」

頭に血が上《のぼ》りそうだ。

なんとか返事をした私を、加藤室長はぎゅっと抱きしめる。

「動きますよ」

彼はそう耳元で囁《ささや》くと、ゆっくりと腰を動かし始めた。気持ちいいところをすぐに探し当てて、そこを集中的に突き立てる。

「はっ……んっ……あぁっ……ダメっ、ん」

「可愛らしい声で鳴きますね」

徐々に腰の動きが速くなっていき、私は加藤室長の背中に手を回してしっかりとつかまる。すると彼は私のことを抱え込むように抱き、何度も何度も口づけを与える。

彼の愛を感じ、心まで満たされていく。

加藤室長は上体を起こすと、私の腰の横に手をついて、さらに深いところを突き上げた。ベッドのスプリングがキィキィと音を立てる。子宮の奥まで穿《うが》たれ、感じきってしまう。

「あっ……あっん、あぁぁ、あっ、あぁあっ……あっ」

加藤室長の剛直が私の中でさらに大きくなり、硬く熱を帯《お》びていく。

気持ちよすぎて、おかしくなってしまいそうだ。出し挿《い》れするたびに飛沫《しぶき》が上がり、二人の肌がぶつかり合う音が響く。リズミカルに動く淫《みだ》らな腰つきに、私はただただ翻《ほん》弄《ろう》された。

「いやぁああ、……イッちゃうっ……んぁっ！」

「いいですよ、いっぱい感じてください」

加藤室長はまだまだ余裕がありそうだ。クールな笑みを浮かべながら、角度を変えて攻め立ててくる。

背筋を快感が一気に駆け上がる。

「あっ……！」

呼吸が止まって、頭の中が真っ白になった。

次の瞬間、少し遅れてやってきた甘い痺《しび》れに全身が襲われた。

加藤室長は達してしまった私を見つめて微笑んでいる。呼吸が落ち着くのを待ってくれているみたいだ。

「鈴奈さん……」

すがるように私が手を伸ばすと、抱きしめてくれる。再び腰が動き始め、私はすぐに官能の世界に引きずり込まれた。

「誠一郎さん……で、いっぱい……なんです」

「自分もですよ」

気持ちよさそうな呼吸が聞こえ、そのまま一気に打ちつけられる。

「鈴奈さん……すみません……あまりにも可愛いので……長く持たないかもしれません」

中にいる加藤室長がさらに太く硬くなる。

「イきます」

「はいっ……あんっ、あっ、あっ、んっ……あぁぁっ！」

「――っ！」

二人同時に果て、私はそこで意識を手放した。

目が覚めると、背中に体温を感じた。

目を下に滑らせ、男の人の逞《たくま》しい腕が自分の体に絡みついているのを確認する。昨夜の記憶が勢いよく蘇《よみがえ》り、私は唇を噛んだ。

――加藤室長と一つになってしまった。

逃げることができたのに逃げなかったのは……私が加藤室長のことを本気で好きになっちゃったからだ。

ため息をつくと、加藤室長がもそもそっと動いた。

「目が覚めましたか？」

「はい」

二人ともまだ裸のままだが、抱き合っているので寒くはない。体を動かして向かい合う。

加藤室長は愛おしげに目を細め、私の肩にチュッとキスをした。まるで恋人同士のような甘い行為に、全身を流れる血液が沸騰《ふっとう》しそうになる。

「今日は午後から予定があるのですが、それまでは、このままずっと一緒にいたいです」

「……は、はい」

ロマンチックな空気が流れている。こそばゆい気分になり、どうしたらいいのかわからない。

自分の心臓の音が、耳の奥でドクドクと聞こえた。

「鈴奈」

突然、呼び捨てにされドキッとしてしまう。

「は、はいっ」

「板尾リーダーが、『鈴奈ちゃん』と下の名前で呼んでいるのを思い出してしまって……だから自分は呼び捨てにしたいって思ってしまったんです。子供っぽい嫉妬《しっと》ですよね」

加藤室長は顔を隠すように、私を回転させて後ろから強く抱きすくめた。彼の耳は、赤く染まっていた。

これ……もしかしたら、涼子が提案していた『惚《ほ》れさせる作戦』が成功しているのかもしれない。

でも、加藤室長から『好き』とか『正式に付き合ってほしい』とかの言葉をまだ聞いていない。部署異動するまでは、お付き合いはしない約束だ。

私のこと、どう考えているの？

すると、お尻の辺りに硬いものが触れた。加藤室長がそれを押しつけてくる。

「……いいですか？」

「えっ」

「もう一度……いいですか？」

加藤室長って、性欲がとても強い？

さすが隣の部屋で頻繁《ひんぱん》に女性と交わっているだけある。

「ちょ、ちょっと待ってください……」

私の制止も聞かず、加藤室長は後ろから蜜口に触れた。昨夜の名残《なごり》が残っており、とろりと愛液があふれてくる。

恥ずかしくて顔が熱くなってしまう。

「鈴奈さん」

甘い声で求められたら、断ることなんてできない。

「……一回だけですよ」

「ありがとうございます」

加藤室長は私の頬を撫《な》でると、避妊具をチェストから取り出して、その袋をピリッと破った。

加藤室長にたっぷり抱かれてから、私はマンションを出た。

そのまま自分の家に帰る気になれなくて、涼子に連絡を入れてみる。

お茶をしようという話になり、約束の駅で待っているとすぐに涼子がやってきた。

「休日なのにごめんね」

「何言ってるのよ。友達なんだから、こうして休みの日に会うのは当たり前のことじゃない」

すると涼子がじっと私の顔を覗き込んでくる。

「鈴奈さ、なんか雰囲気変わった？」

「えっ？　別に何もしてないよ」

「肌艶《つや》がとってもいいっていうか。愛されている女性の顔をしてるんだけど」

加藤室長の顔が浮かんでしまったが、必死でかき消す。

愛されているんじゃなくて……セフレ……っていうか。

付き合っていないし、体だけの関係だし。そもそも、懲《こ》らしめようと思っているのだから。

「とりあえず、お茶しよう」

涼子のおすすめだという抹茶カフェに移動する。

和のテイストを大事にしている喫茶店で、店内には女性のお客さんが多い。

抹茶パフェを二つ注文して、早速本題に入る。

「で、どうかした？　思いつめたような顔をしてるよ」

「……あぁ、うん。もうギブアップかも」

「何が？」

「加藤室長と親密になる作戦。私が限界」

「もしかして、好きになっちゃった？」

ゆっくりと頷くと、涼子がテーブルに肘《ひじ》をついて「そっかぁ」と呟いた。

「好きならそれでいいんじゃない。隣の部屋でしているのが彼だったとしても、今後は私以外見ないでくださいって言えば問題ないと思うけど」

「でも……一途になれない人のことは許せない」

「それをわかっているのに、好きになっちゃったんでしょう？　鈴奈が彼を一途な人間にさせるのも、一つの道なんじゃないの？」

「涼子は大人だね……」

私は「はあぁ」と深いため息をついて、うなだれてしまう。

そうやってうまく生きていければいいかもしれないけれど、ダメなものはダメだとしっかり伝えたい。

でも、加藤室長にそんなことを言ってしまったら、もう二人では会ってもらえないだろう。

加藤室長のマンションから出る時、玄関で抱きしめられてキスをした。

好きすぎて離れたくないと、こんなにも強く思うなんて自分でも驚いている。

それでも正義を貫きたい。女性をないがしろにする加藤室長を、戒《いまし》めなければならない。

涼子の言う通り「自分だけにして」と言えたらいいのに。

悶々《もんもん》と考えている私の前に、抹茶のパフェが運ばれてきた。

「美味《おい》しそう。食べよう」

涼子がにっこりと笑うので、私もスプーンを取った。

抹茶パフェは甘すぎず、ほどよく苦味があって美味《おい》しい。

「女グセは悪いってわかっているのに恋をしちゃうなんて、加藤室長はそれ以外の面では相当素敵な人なんだろうね」

私は何度も頷いた。

「優しくて、誠実で、とっても真面目で、仕事もできて……」

「話を聞いていると、ますます隣に出入りしている人っていう感じがしないわ」

私もそう思いたいけれど、間違いなく隣の部屋から出てきたのを見た。

似た人じゃなく、加藤室長本人だった。眉間にしわを寄せて考え込んでしまう。

「あまり思いつめないで。私が変な作戦を提案したせいで、苦しめてごめん」

「涼子は悪くないよ。私が好きになっちゃったのが問題だから」

苦笑いしてごまかしたものの、胸はじくじくと痛み始めていた。

その日、涼子が徹底的に話を聞いてくれて、家に戻ってきたのは夜の十時だった。

気にしないようにしようとしても、お隣さんの音が気になってしまう。

水の流れる音が聞こえる。

シャワーを浴びているのだろうか。

この壁の向こうに加藤室長が他の女の人と一緒にいるかもしれない。

胸が切り裂かれるような痛みを感じて、ポロッと涙が零れ落ちる。

……嫉妬《しっと》だ。

やっぱり今日もお隣さんから喘《あえ》ぎ声が聞こえてきた。

『――あっ、――あんっ』

朝まで私をあんなに抱いておきながら、加藤室長は今、隣の部屋で知らない女性と情事に及んでいる。頭の中がぐちゃぐちゃになり、私は泣きながら布団にくるまった。

第五章　静かなオフィスに

あと数日でクリスマス。今年の出勤日も、残りわずかとなっていた。

ランチタイムだというのに、加藤室長は室長室で専務と打ち合わせをしている。

「加藤室長は年末年始もないだろうなぁ」

板尾リーダーが、ポツリと私の隣で呟いた。今日のランチタイムはみなさん読みたい資料があるそうで、自分の席でコンビニで買ってきた食事をつまんでいる。

「クリスマスも中国出張ですもんね」

安藤マネージャーも珍しく会話に加わると、瀬川マネージャーも口を開いた。

「中国の起業家相手のプロジェクトらしくて、なんだかすごく忙しそうなんだ」

「そうなんですか」

体を壊さないか心配だ。

彼女でもないのに、こんなこと思うなんておかしいかもしれないけれど、私の頭の中は加藤室長でいっぱいだった。

「このプロジェクトが成功したら、かなりの利益を生み出すことができるわ」

「八割方終わっているらしいから。さすが、加藤室長だな」

安藤マネージャーと瀬川マネージャーが頷き合っている。

加藤室長は、私には雲の上の存在。そんな人を好きになってしまうなんて、私って大バカだ。少しでも親密な関係になれたことに感謝して、新しい恋を見つけるべきだ。

「加藤室長ってどうやってストレス発散してんのかな」

「そうねぇ」

板尾リーダーがふいにそうぼやき、安藤マネージャーが一緒に考え込む。

仕事が忙しくてストレスが溜まるから、セフレを作って発散したいのかも。

理解できないでもないけれど、そんなのは間違っている。

一人、愛せる彼女がいればいいのではないか。私だったら、しっかりと相手をするのに。加藤室長がしたい時に呼び出してくれたら、すぐに行く。……だから、他の女性と抱き合わないで。

ぎゅっと胸が苦しくなり、じわりと視界が歪《ゆが》んだ。

「ところで、鈴奈ちゃんはクリスマスの予定とかあるの？」

板尾リーダーから突然話しかけられ、私は急いで眦《まなじり》を拭って答える。

「ぼっちです」

そのタイミングで加藤室長が専務と一緒に室長室から出てきたので、全員で彼らを見送る。加藤室長が部屋に戻ってくると、板尾リーダーが話を続けた。

「鈴奈ちゃんって、彼氏いないの？」

「……い、いないです」

加藤室長は室長室に戻らずに、室長の椅子に腰をかけた。

こういう話題は、加藤室長に聞かれたくない。私は話題を変えようと試みる。

「板尾リーダーは、ご予定あるんですか？」

「俺？　二年間、彼女なし」

「そうなんですか」

「この仕事をしていたら、なかなか時間が取れなくてね。身近なところで見つけたいなって」

「はぁ、なるほど。見つかるといいですね、応援してます」

これで話を終えたい。

加藤室長をチラッと見ると、引き出しから出した資料を読んでいる。

話を聞いていないようで安心した。

「じゃあ、俺が素敵なホテルを予約するから一緒にディナーしようよ」

板尾リーダーの話は終わっていなかったみたいだ。彼はぐいっと私との距離を縮め、人好きのする笑みを浮かべた。

「……え？　……いや、あのっ」

「いいところ用意するから」

答えに困っていると、瀬川マネージャーが話に入ってくる。

「もうこの時期だと、クリスマスの予約は取れないんじゃないか？」

「それが、知り合いにホテルの御曹司がいるんですよ。そいつが、可愛い子がいたらチャンスを逃すなって言ってくれて、いつでも予約できる状況なんです」

「ほぉ、それはすごいな」

これって、もしかして口説かれているの？　よりによって加藤室長の目の前でなんて、やめてほしい。

なんとか話を変えたいが、板尾リーダーのマシンガントークは続く。

「一人でクリスマスを過ごすなんて寂しくない？　好きな人がいないんだったら、俺と楽しい夜を過ごそうよ。別に変な意味じゃなくてさ」

彼氏はいないけど、好きな人はいます……！

そう心の中で叫ぶが、声に出せるわけがない。

言葉に詰まっていると、安藤マネージャーが助け船を出してくれる。

「板尾リーダー。うちの会社は恋愛禁止じゃないけれど、あまりしつこくするとセクハラになるから気をつけなさい」

「はい。ねぇ鈴奈ちゃん、俺のこと嫌い？」

板尾リーダー、ちょっとだけしつこい。困ったなぁ。

「星園さん、お昼休憩中に申し訳ないですが、これから出てしまうので、ちょっとだけ仕事の説明をしてもいいですか？」

「はい」

ちょうどお弁当を食べ終えた私に、加藤室長が話しかけてくれた。

助かったと思ってほっとする一方で、板尾リーダーがムッとしている。

「加藤室長、せっかくいいところだったのに邪魔をしないでくださいよー」

「申し訳ありません」

加藤室長はクールな瞳で微笑んで、私を室長室に手招きした。

立ち上がって室長室に入り扉を閉めた途端、加藤室長が突然私を抱きしめる。

驚きすぎて心臓が止まるかと思った。

「……加藤室長？」

職場でこんなことをするような人ではないのに。

「クリスマスは中国出張ですが、夜中に戻ってくる予定です。帰ってきて、あなたさえよければ、遅い時間でもケーキを食べましょう。後日、ディナーに招待しますから」

さっきの話をガッツリ聞いていたのだ。

表情一つ変えずにデスクに座っていたので、話を聞いていないか、なんとも思っていないと考えていた。もしかして、嫉妬《しっと》してくれたのだろうか？

嬉しくて、自然と頬が緩む。

「部下なのに、そうやって誘ってもいいんですか？」

「意地悪なことを言いますね」

抱きしめる手をなかなか離してくれない。

「あなたといると、どんどん今までの自分を壊されてしまう。自分はこんな人間じゃなかったのに」

そっと私を離した加藤室長の表情を確認すると、悲しそうな瞳をしていた。

「仕事が忙しくて申し訳ない」

「いえ、頑張ってください。応援してます」

「あなたに応援されると何事もうまくいきそうな気がします。ありがとう」

両頬を包み込まれ、柔らかく口づけられた。

そして彼は、私に書類を手渡して室長室を出ていく。

クリスマスの夜はどんなに遅くても、ケーキやディナーがなくても会いたい。けれど、ちゃんと約束することができなかった。

好きな人だからこそ、いけないことはいけないと伝えるのも愛情だ。

嫌われるのを覚悟して、加藤室長に一途であることの大切さを伝えよう。

もう限界。これ以上一緒に過ごしたら、心から愛してしまいそうで怖い。

——次の日曜日に伝えようと、私は覚悟を決めたのだった。


その後、マネージャーやリーダーは、打ち合わせがあり直帰することになっていて、私は加藤室長に頼まれた仕事を黙々と行っていた。

ここの部署は急ぎの案件が多く、残業になることも珍しくない。大変だけど、経営管理チームの人たちはみんな私を可愛がってくれる。いつの間にかここは、働きやすくて大好きなところになっていた。

けれど、日曜日を過ぎたら、ここに居づらくなるかもしれない。

ふと、キーボードを打つ手が止まった。

リスクを犯してまでやるようなことかと、迷ってしまう。

こんなことで真剣に悩んでいるなんて、他人はバカみたいと思うかもしれない。しかし、私は本気だった。

加藤室長のことがとても大事。

いつか、二人でテニスをしたいと話したことがあった。でも、日曜日に決行したら、きっとその約束は果たせないだろう。

そう思うと、胸が張り裂けそうに痛む。

ずっと加藤室長と一緒にいたい。

涼子が言っていた通り、私のことだけ見てくださいと言えたらいいのに。でもそれでは、彼の行動を変えることはできない。

「お疲れ様です」

突然室内に響いた声に振り返ると、加藤室長が戻ってきた。

時計を見ると、そろそろ夜の九時を回ろうとしているところだった。

経営企画室の人達も帰っていて、ドアの向こうは静まり返っている。

「まだ終わっていなかったんですか？」

残っていたら加藤室長に会えるから……そう思って、仕事がゆっくりになっていたのかもしれない。

「星園さんだったら、簡単に終わる仕事だと思ったんですが。もしかして、調子が悪いですか？」

「いえ、少し手こずってしまいまして」

目が合うだけで泣きそうになる。

もう恋なんて絶対しないと思っていたのに、こんなにも好きになってしまうなんて。

「もう終わったので、共有フォルダに入れておきます」

「ありがとうございます」

加藤室長は、まだ仕事が残っているようで室長室に入っていった。

私は帰る準備を済ませて、退勤時刻を記録する。

こんなにも近くにいるのに、ものすごく遠い気がして胸が痛くなる。

退勤の挨拶をするために室長室のドアをノックしてからそっと開くと、加藤室長が真剣な表情でパソコンに向かっていた。私の存在に気づいて、優しく微笑んでくれる。

「今、作ってもらったデータを見ていたんですが、完璧ですよ。遅い時間までありがとうございました。気をつけて帰ってください」

「……はい」

「加藤室長は、まだお仕事が残っているんですか？」

「あと少し。明日でも間に合う仕事なんですが」

仕事の邪魔をしてはいけないと思うのに、足が床に張りついたように動けない。

「あのっ、クリスマスの夜は一緒に過ごせないと思います」

今にも泣いてしまいそうな声で言うと、加藤室長が驚いた表情を浮かべる。

彼は立ち上がり目の前に来ると、私の頭をそっと撫《な》でる。

「そうですか。遅い時間だとよくないですよね。では、ちゃんと時間を作って過ごしましょう。できれば、年内に会いたいですね」

仕事が佳境で忙しいのに、私のことを考えてくれる。

日曜日にあのことを伝えても、さよならをする必要はないかもと淡い期待が湧き上がる。

「鈴奈さん」

急に抱きしめられたので、固まってしまう。

加藤室長の匂いを感じ、胸がキュンとする。やっぱり大好きだ。

「様子がおかしいですよ。どうかしましたか？」

「……いえ」

「元気がないのでとても心配です」

今日で最後にしよう。

そう思い加藤室長の体に腕を回すと、彼は困惑しながらも抱きしめる力を強めた。

「自分のせいで苦しい思いをさせていませんか?」

「……誠一郎さん」

大好きって気持ちだけを見つめていられたら、どれほど楽だろう。

彼の裏の顔を知らないままだったら、きっと素直になれたのに。

加藤室長は私の顎《あご》をクイッと持って、視線を絡め合わせた。そのままゆっくりと口づける。

正人に裏切られてもう絶対に恋をしないと思っていたから、加藤室長を懲《こ》らしめるために近づいても好きにならない自信があった。それなのに、無理だった。

先日、加藤室長と繋《つな》がってから、自分の中で彼の存在があまりにも大きくなってしまっている。

チュッチュッと、リップ音を立てて上唇を優しく吸われる。

静かなオフィスに響くキスの音。いけないことをしているようで、罪悪感が募る。

加藤室長が私の頭を片手で押さえて、唇を押しつけた。応えるように近づき、互いに求め合う激しいキスになっていく。

キスをしながら後ずさると、扉に背中がぶつかった。

キスをやめて出ていくべきなのかもしれない。

でも、もっと加藤室長に触れていたかった。

カチャッという音が聞こえた。

誰か来たのかと一瞬驚いたが、どうやら違うらしい。

誰も入ってこられないように、加藤室長が鍵を締めたのだ。そして彼は、部屋の照明を消してしまった。

周りのビルからの明かりで、お互いの存在をなんとか確認できるほどの暗さになる。

「……ここで、抱きます」

ネクタイを緩める加藤室長の指を、じっと見つめる。

とても綺麗な指だが、骨ばっていて男らしい。この手もとても好きだ。

黙っていると彼が顔を覗き込んできた。

「明るいと恥ずかしいのでしょう？」

加藤室長の家で言った言葉を、覚えていてくれたのだ。

「……こんなところであなたを抱こうとするなんて……鈴奈は、僕の考えを壊していきますね」

そう呟きながら、彼はネクタイを外してワイシャツを脱いだ。鍛《きた》えられた、無駄な肉のない体に見入ってしまう。

私はコートを脱がされて、シャツとスカートになった。服の上から胸を揉《も》みしだかれる。ドアに背中を預けている私の手を引いて、彼はぎゅっと私を抱きしめた。

抱き合ったまま私の体を回転させ、キスを重ね、だんだんと後ろに下がっていく。

私のお尻が室長の机にぶつかると、そのまま腰を持ち上げられ、デスクに座る形になった。加藤室長と間近で視線が絡み合うと、全身に火がついたように熱くなる。髪の毛に手を差し込んでじっと見つめ、顔が近づき額《ひたい》が合わさった。

二人の荒い呼吸が、室内に響く。

「鈴奈さん」

「誠一郎さん」

「今進んでいるプロジェクトが終わったら、話したいことがあります」

「……」

返事をしなかったのが気に障ったのか、頬を包み込んで激しく口づける。

今日の加藤室長はいつもより強引で、私はついて行くのがやっとだ。

「んっ……」

「もっと口を開いてください。もっと。そう、いい子ですね。舌を出して……もっと」

舌を絡め合わせて激しいキスをすると、頭の中がぼうっとしていく。

ディープキスをしながら、加藤室長は私のシャツのボタンを外す。中に着ていたキャミソールがめくられて、ブラジャーがあらわになる。

ブラジャーのカップをずらして、胸の先端が出てくると、すでにそこは硬くなっていた。そこをぎゅっとつままれ、甘い吐息が鼻から漏《も》れる。

「んっ、あぁ……んっ」

私がこうされると快楽が湧き上がるとか、好きだというのを、加藤室長は完全にマスターしたようだ。

「ちょっと痛いぐらいが、好きなんですよね？」

「……恥ずかしいことを言わないでください」

「恥ずかしいことをされるのが好きなくせに」

意地悪なことを言っているけれど、その言葉の端々に愛情を感じる。

加藤室長が胸の先を甘噛みすると、甘い痺《しび》れが背筋を走り抜ける。

「あっ……齧《かじ》っちゃ、嫌っ……あんっ！」

「シー……。誰もいないと思いますが、ここはオフィスですよ」

誰のせいで声が出てしまったと思っているの？　私が恨みがましい目で加藤室長を見上げると、彼は意地悪な表情をしながら、これ以上ないほど優しいキスをしてくれた。

唇から彼の熱がじんわりと広がっていく。

加藤室長のキス、大好き。

「今日のスカートは体のラインがはっきり見えますね。それに短い」

「ムチムチしているのがわかってしまいますね」

「そうじゃない。他の男性からそういう視線で見られているんです。気をつけたほうがいい」

そう言う彼の目には、嫉妬《しっと》の炎がちらちらと燃えている。それがなんだか嬉しくて、私はコクンと頷いた。

「気をつけます」

「素直でいい子なので、気持ちよくしてあげます」

彼はタイトスカートを腰のあたりまで捲《まく》り上げると、ストッキングを下ろした。

ショーツの隙間から指が入り込んできて、敏感な粒を弾《はじ》く。

声が出そうになると、キスで唇を塞《ふさ》がれてしまう。

それから彼は、すでに柔らかく濡れそぼった蜜壷に指を挿《さ》し入れた。

「誠一郎さん……」

「鈴奈さん」

名前を呼び合いながら、深い口づけを交わす。

好き、好き……

頭の中にその言葉しか浮かばない。

加藤室長が私の水色のショーツをずらすと、ベルトを外してチャックを下ろし、自らの熱塊を出した。まさかオフィスで目にする日が来るなんて、想像もしていなかった。

「加藤室長」

私の中はとろとろに濡れているので、抵抗なく入ってくる。

「あっ……っ、オフィスでこんなこと、いいのですか？」

「鈴奈のせいです。制御できなくさせるあなたが悪い」

余裕がなさそうな彼の様子に、胸がキュンとしてしまう。

加藤室長が私のことを求めているのが伝わるから、もっと奥まで入ってほしいと思った。

加藤室長の首に手を回すと、二人の距離がグッと近くなり、より深いところで繋《つな》がる。

彼の漲《みなぎ》りがさらに大きく、硬くなるのを感じた。

「んっ……あぁっ、はぁっ」

加藤室長がこんなにも反応してくれていると思うと、感情が高まり、涙がポロッと零れた。

すかさず彼が、指先で涙を拭ってくれる。

「強引にしてごめんなさい。鈴奈を気持ちよくしたいんだ。あなたの感じている顔が見たくてたまらない」

加藤室長がデスクに手をついて腰を動かすと、私は肘《ひじ》をついて上半身を支えた。出し挿《い》れするたびに、ガタガタとデスクが揺れる。

「はぁ……んっ……」

強く突き上げられ、私は体を支えられずそのまま横になった。彼は私の脚を大きく広げて、最奥を攻め立てる。

「……んっ、あっ」

唇を噛み、声を殺していると、加藤室長が背中に手を回してキスをした。そのまま起こされて、抱きしめた格好のまま突かれる。

愛おしさが込み上げて、加藤室長にしがみつく。大好きな人の体温をこうして永遠に感じていたい。

「鈴奈さん……鈴奈さん……」

「はぁ……、んっ……あっ、はぁ、っあ。そんなに、激しくしちゃ……」

「イッてもいいですよ」

耳元で囁《ささや》かれた私は、さらに中から蜜があふれてくるのがわかった。

熱塊が、何度も内側を擦《こす》り上げる。

気持ちよすぎて、頭がおかしくなりそうだ。

「あっ……っ、んんんぅっ」

声が漏《も》れないように、手で口元を押さえる。そんな私の努力もむなしく、中を容赦なく打ちつけられ、快楽がせり上がってきた。

「もう……んっ、イッちゃう。ああっ！」

私は、あっという間に達してしまった。

加藤室長は、呼吸が落ち着くまで優しく抱きしめてくれる。

「気持ちよかったですか？」

「……はいっ……すごく」

加藤室長の物はまだ大きいままなのに、私の中からズルッと抜いてしまう。

「加藤室長は、……まだイッてないじゃないですか」

「避妊具がないので」

苦しそうな声で言うと、彼は熱塊を下着に隠そうとする。

自分だけ満足するなんて申し訳ない。

私はデスクから下りて膝立ちになると、天に向かってそそり勃《た》つそれを両手で包み込んだ。そして、大きく口を開いてパクッと咥《くわ》える。

「ちょ、何をしているんですかっ」

あまり得意ではないけれど、舌を使って舐《な》めてみる。すると、頭の動きを手で止められてしまう。

「可愛い鈴奈の口を汚すわけにはいかない」

動揺している加藤室長が可愛い。

無視をして続けていると、それは口の中でさらに膨張していく。

「……もう、ダメだ。お願いですから……」

そして加藤室長は小さく息を詰め、私の口腔《こうこう》に白濁を放った。そして、慌ててティッシュを口元に持ってくる。

「出しなさい」

上司のような命令口調なので、笑ってしまいそうになった。

大人しく口から出すと、加藤室長はぎゅっと抱きしめてくれた。

◆

ついに、今日は日曜日。

隣に行くタイミングを見計らっているが、なかなか踏み出せない。

隣人は部屋にいるようで、朝から物音が聞こえる。ということは、加藤室長がすぐ近くで過ごしているのだ。ここのアパートったら、どれだけ壁が薄いんだとツッコミを入れたくなる。

そう思いつつ立ち上がった時、札幌の友人からメールが届いた。

『正人、子供生まれたって』

……そうなんだ。すっかり、元彼のことなんて忘れていた。

大切な親友といつの間にか恋仲になり、子供まで作ってしまうなんてとんでもない男だ。

私は正人しか知らなかったから、当時の私にとって、彼が世の男性のすべてだった。

今となっては、別れてよかったと心から思っている。

『おめでとうって伝えておいて。報告ありがとう』

そう返すと、すぐに返信がある。

『仕事が落ち着かないみたいで、大変そうだけどな。鈴奈は商社に勤めてるんだって？　正人が羨《うらや》ましがっていたぞ』

地元の同級生と付き合うと、別れてもお互いの近況がわかってしまう。

正人には、私が今どんなところで働いて暮らしているのか知られたくなかった。

返事をしてスマホをテーブルの上に置き、ため息をつく。

「……はぁ」

お隣に乗り込もうと決めたのに、座り込む。迷っている自分がいた。

緊張しすぎて、指先が冷え切っている。

加藤室長と過ごした時間はそんなに長くはなかったけれど、とても楽しくて幸せだった。恋愛なんてもうしたくないと思っていたのに、加藤室長の誠実なところにどんどん惹《ひ》かれていった。

これで、もうプライベートでは会えなくなってしまうだろう。

それでも、加藤室長にちゃんと伝えなきゃ。

一途に人を愛せない人は必ず不幸になるし、人が悲しむことをしてはいけない。これは加藤室長に泣かされている女性のためでなく、彼のためでもあるのだ。

私は立ち上がった。

ドアノブに手をかけて外に出ると、すぐ隣の家に行く。

チャイムを押すために人差し指を出すが、震えてなかなか押せない。

第一声は、何が正しいのだろう。

「お疲れ様です」かな。「突然、すみません」かな。

こんなところでもじもじしているのは、時間がもったいない。

自分の気持ちをちゃんと伝えようと覚悟を決めて、チャイムを押した。

ピンポーン。

チャイムの音が響く。

加藤室長が出てきませんように。

違う人が隣に住んでいますように。

そっくりさんでありますように。

祈るような気持ちで脚に力を込めて立っていると、扉がゆっくりと開いた。

「……はい」

中から眼鏡をかけた男性が出てきて、私の顔を見て固まっている。

違う人であってほしいと願っていたけれど、お隣さんは――加藤室長だった。

「な、なんで……鈴奈さんが……」

加藤室長は緑色のエプロンを着けていて、本当にここに住んでいるみたいだ。

私は絶望感に打ちひしがれながら、加藤室長を見つめた。

「私、すぐ隣に住んでるんです。どうしても許せなくて、今日は言いに来ました」

「え？　許せない？」

「いつも女性を取っ替え引っ替えしているようですが、そんな不誠実なこと、絶対に許せません。一度、加藤室長がこの部屋から出てくるのを見たことがあって、その時からいつか懲《こ》らしめようと思って近づきました。加藤室長のことは、上司として本当に尊敬しているんです。だからこそ、一途な心を大事にしてほしい。女の人を弄《もてあそ》ぶ人は大嫌いです」

私は握り拳を作りながら、力いっぱい言葉をぶつけた。

加藤室長は、何が起きているのかわからないといった表情をしている。

「あ……えっと」

「しらばっくれないでください。いつも情事の声が聞こえてくるんですから！」

加藤室長は口を開けたまま、言葉が出てこない様子だ。

まさか、会社の部下にそんなこと言われると思わなかったのだろう。

少なからずダメージを受けているようだ。懲《こ》らしめるまではいかないかもしれないが、これを機に心を改めてほしい。

「私は、曲がったことが嫌いです。プライベートのことに首を突っ込むのはどうかと思いましたが、どうしてもわかってほしくて」

すると、さっきまで混乱していた加藤室長が、口元に冷たい笑みを浮かべた。

「そういうことでしたか。……なるほど」

反省していない？　もしかして、開き直っている？

作戦は、失敗……？

彼の冷めた表情を前に、私はただぼんやりと絶望的な気持ちで加藤室長を見つめる。

「星園さん、ちゃんとお話ししましょう。後でお宅にお邪魔してもよろしいでしょうか？」

「お話って……」

「料理の途中ですし、自分も少し冷静になってから伺います。一時間以内には行けると思いますので」

「……わかりました」

私が頷くのを確認すると、彼は素早くドアを閉めてしまう。しばらく私は、その場から動くことができなかった。

私の言葉を聞いても、途中から加藤室長は妙に落ち着いていた。

少しは距離が近づいたと思っていたのに、なんとも思わないのだろうか。

不安が全身を駆け巡るが、大人しく自分の部屋に戻って彼を待つことにした。

座布団の上で放心状態だった私は、チャイムの音で我に返った。加藤室長がやってきたのだと、慌てて立ち上がりドアを開く。そこには予想通り加藤室長が立っていて、先ほどの出来事は夢ではなかったのだと改めて思い知らされる。

「お邪魔してもいいですか？」

「……あ、はい」

二人きりになると思ったら、つい身構えてしまう。

そんな私の考えを見透かすように、加藤室長は目を細めた。

「そんなに構えないでください。取って食べたりしませんから」

「す、すみません。どうぞ」

この部屋に人を招いたことはない。

加藤室長がいると、質素な部屋がとても特別な空間になった気がする。できれば、恋人として彼を迎え入れたかった。

ぼうっと見つめていると、加藤室長は私に紙袋を差し出す。

「今作ったカレーライスです。せっかくお邪魔させていただくのに、手ぶらというわけにはいかないので」

「ありがとうございます。気を使わせてしまって、すみません」

他人行儀な挨拶を交わしてから、加藤室長は座布団の上に座った。

コーヒーを出して、小さなテーブルを挟んで向かい合う。

「先ほどは、ゆっくりお話を聞けずに申し訳ありませんでした。突然だったので、あなたの話が理解しきれていなくて。纏《まと》めさせてもらってもいいですか？」

「はい」

加藤室長は、淡々とした様子で私に尋ねた。こんな時にも冷静さを崩さない彼に、私は緊張気味に頷く。

「この隣の部屋から女性の、その……喘《あえ》ぎ声が聞こえてくる。そして、隣の部屋から出てくる女性はいつも違う。星園さんは、女性を一途に愛せない人を許せない。以前、たまたま僕が部屋から出てくるのを見たあなたは、隣の部屋で女性と戯《たわむ》れているのが僕だと思い、改心させようと近づいてきたということですね？」

その通りだ。

元は、痛い目を見せて、彼の行動を改めさせることが目的だった。けれど、一緒に過ごしているうちに、本当に加藤室長を好きになってしまったのだ。

加藤室長のためならなんだってするから、他の人としないで。

この気持ちを、どのタイミングで伝えればいいのだろう。

でも、私の告白を受け入れてもらえない可能性は高い。だって、陥《おとしい》れようとしたのだから。

加藤室長は自嘲《じちょう》すると、鋭く、それでいてどこか寂しげな目でこちらを見つめた。

「自分に気がある素振りをしたのは、罠《わな》だったのか」

違うと否定しようとしたが、そう捉えられても仕方がない。私が口を開くより先に、加藤室長は言葉を続けた。

「あなたのような若くて可愛らしい女性が、なぜこんなつまらない男に笑顔を見せ、甘えてくれるのか不思議に思っていたんです」

やけに冷ややかな声だった。

「きっと何かあると思っていたんですが……。あなたがあまりにも魅力的だったので、つい手を出してしまいました。星園さんは、浮気はいけないというのを、身をもって教えようとしてくれたのですね」

最初の目的はそうだった。でも本当に、今は加藤室長のことが大好きだ。

性欲が強いところも理解できる。仕事が忙しくてなかなかデートに行けないのも、我慢する。

だから、許されるなら、これからも一緒に過ごさせてほしい。

勇気を出して気持ちを伝えようとした時、加藤室長が口を開いた。

「ただ、あなたは間違った解釈をしています」

「……どういうことですか？」

「これから話すことはプライベートなことなので、誰にも言わないでください」

重たい空気が流れ、私は背筋を正す。

「隣に住んでいるのは、大学生の弟です」

「え？　……弟さん、ですか？」

「はい。実は、僕の父は三道商事の社長なんです。弟は、父の財産を当てにして遊び惚けていて……自立のために一人暮らしをさせました。しかし、食生活もだらしないので、時間がある時は料理をしに来ていたんです。母は体調を崩して入院中なので、自分が母親の代わりみたいなものでして」

加藤室長が社長の息子だったということにも驚いたが、隣に住んでいるのが加藤室長の弟さんだったなんて……。驚愕すぎて、言葉が出てこない。

となると、私は勝手に勘違いをして、加藤室長に怒りを向けていたということになる。

「正義感は素晴らしいと思いますが、もっと冷静に判断する必要がありますね。あなたは、少し突っ走るところがあるので」

悲しそうな声で呟くと、加藤室長は私のことをじっと見つめた。

「弟にはちゃんと言い聞かせておきます」

「ま、まさか弟さんだとは……」

「反省させたいという気持ちは、理解できます。でも、体は大事にしてください。体を許すのは、本当に好きな人だけにしてほしい」

最後の最後まで加藤室長が優しいから、申し訳ないのと、情けないので頭の中が真っ白になってしまう。本来なら、「騙《だま》して弄《もてあそ》んだのか」と怒鳴《どな》られてもおかしくないのに。

「短い間でしたが、楽しかったです。ありがとうございました」

「待ってくださいっ、あのっ」

話を切り上げようとする加藤室長に、縋《すが》りつきたくなってしまう。

私は事の重大さに気づいて、体が震え、涙がポロッとあふれた。

加藤室長は困惑した様子で眉根を寄せる。当たり前だが、以前のように優しく抱きしめてはくれない。

「泣かないでください。泣きたいのはこちらのほうですよ」

「……違うんです」

「申し訳ありませんが、今は何を言われても受け止められません」

加藤室長は緩く首を振ると、小さくため息をついた。

どうして私って、こんなにバカなの？

「ちゃんと仕事には来てください。僕は、あなたの仕事ぶりを評価しています。いなくなっては困りますから」

「でも……」

「人は誰でも過《あやま》ちを犯します。今回の件は、お互いになかったことにしましょう。これからも職場では今まで通り、よろしくお願いします」

加藤室長と育《はぐく》んできたものが、一気に壊れていく。

重い空気を追い出すように、彼はすっと立ち上がった。

どうにか引き留めたくても、私にはその権利すらない。

その間に彼は玄関に向かって歩いていく。靴を履《は》くと、最後にこちらを振り返って、すまなそうな表情を浮かべた。

「本当に弟が不愉快な思いをさせてしまい、申し訳ありませんでした」

「加藤室長……あの」

やっと立ち上がって、加藤室長に手を伸ばす。

「失礼します」

彼は頭を深く下げて、私からさっと目をそらし、ドアを開けて出て行ってしまった。

私は絶望感に苛《さいな》まれ、その場でしゃがみ込む。

小さい頃に、同じような失敗をしたことがあった。勘違いして突き進んで、失った友達がいたことを思い出す。

絶対に同じ過《あやま》ちを繰り返さないと決めていたのに、私はちっとも成長していなかったんだ。後悔してもしきれなくて、私は涙が涸《か》れるまで、ずっと泣き続けた。

第六章　一途な愛とはなんですか？

この間の日曜日以降、加藤室長は中国出張で不在のため、一度も会っていない。

普通に仕事をしているけれど、何をするにも力が入らない日々が続いていた。

明日の夜中には加藤室長が帰ってくる。

心からのお詫《わ》びをしたいけれど、メールではなく、できれば直接謝りたかった。

仕事が終わり帰る準備をしていると、板尾リーダーが隣の席から話しかけてくる。

「鈴奈ちゃん、今日はイブだけど、本当に一緒にディナーに行かなくていいの？」

「板尾リーダー、お気持ちだけいただいておきます」

「なんとなく思ってたんだけど……やっぱり鈴奈ちゃんって、加藤室長みたいな真面目な感じの人がタイプなの？」

突然、加藤室長の名前が出てきて、思わず頬が熱くなってしまう。すると、板尾リーダーが顔を近づけてきて、にやにやと笑う。

「まじで？　へぇ。結構年上でも大丈夫なんだね」

「……そ、そんな、違います！」

「動揺しまくってるところが、余計に怪しいんだけどなぁ」

「違いますから」

私がどんなに好きになったって、もう加藤室長の信頼を取り戻すことはできないし、恋人のように甘い時間を過ごすこともないだろう。

そう考えると、すべて私が悪いのだが、あまりにも悲しくて涙が出そうになった。

これまで一緒に過ごしてきた加藤室長の性格を考えれば、彼が女性を取っ替え引っ替えするはずないのに……私って本当に浅はかな人間だ。

「あまりからかわないの」

安藤マネージャーが泣きそうな私を心配げに見ると、板尾リーダーを窘《たしな》めた。板尾リーダーは、私の顔を見てギョッとしている。

「ごめん！　でも、泣くことないだろ？　冗談だって」

「目にゴミが入って痛いだけです。では、お先に失礼いたします」

私は逃げるように部署を出た。


会社を出て駅に向かう途中、イルミネーションがやたらとキラキラと光って見えた。

今日はクリスマスイブだから、カップルが多い。愉快でロマンチックな雰囲気の中、私はとぼとぼと歩いた。

もうすぐ年末になるけれど、実家に帰るお金がもったいないので、アパートで過ごそうと思っている。少ないながらも貯金は順調にできていて、来年の四月頃には引っ越しの目標金額に到達する。

「せっかくクリスマスイブだから、コンビニでケーキでも買って、プチ贅沢《ぜいたく》しようかな」

ふと夜空を見上げると、はらはらと細《こま》かな雪が降ってきた。

もし、私があんなバカなことを考えなければ、この雪をロマンチックな気分で見ることができたのだろうか。

じわっと視界が涙で滲《にじ》む。

私は涙をぐいっと拭い、再び歩き始めた。

クリスマスが終わり、街中では一気に門松が見られるようになった。

駅構内を歩きながら、出張から戻ってきているだろう加藤室長のことを考える。

仕事を辞めないでくださいとは言ってくれたけれど、どんな顔をして会えばいいのかわからない。憂鬱《ゆううつ》な気持ちのまま、オフィスビルの中を少し早足で歩く。エレベーターに乗り込み、誰にも聞こえないようにため息をついた。

緊張しつつ自分の部署に入ると、加藤室長がコピー機の前に立っていた。ドキンと胸が脈打つ。

「おはようございます」

いつも通りに挨拶をすると、加藤室長はゆっくりとこちらに視線を向けた。

あまり温度を感じない目に、無表情。別に不思議なことではない。加藤室長はいつもこんな顔をしていた。

「おはようございます」

思わず立ち止まる私をよそに、加藤室長はプリントアウトした用紙を取ると、そっけない挨拶を返し室長室へ入った。

何も変わらないのだけれど、すごく変わってしまった気がする。

今までは加藤室長の瞳の奥が優しかった。でも、明らかに違う。

お互いに社会人なのだから、過《あやま》ちを忘れて働こうと約束した。理解しているつもりだったのに、全身が引き裂かれるような、強烈なショックを受けた。

謝って許されるなんて、単純なことではない。

たとえ許してもらったからって、以前の甘い関係には戻れないだろう。

加藤室長にとって私は、自分を罠《わな》に嵌《は》めようとした人間なのだから。

一度失った信用を取り戻すのは、容易ではない。私は人生最大の失敗をしたのだ。

「おはよう」

ぼうっと立ちすくんでいると、板尾リーダーが入ってきて、私の背中をぽんっと叩いた。

「おはようございます」

「明日で今年も最終出勤日だね。初詣《はつもうで》、一緒に行こうか？」

「お断りします」

「冷たいなぁ。一回くらい付き合ってくれてもよくない？」

板尾リーダーが、いつもと変わらない調子で明るく接してくれた。

もちろん彼は、私と加藤室長の関係に変化があったことは知らない。だが、今は普段通りの陽気な彼の存在がありがたかった。

夕方になり、自分の席で仕事をしているところに加藤室長がやってきた。

「星園さん、少しお時間いただけますか？」

「はい」

呼ばれたので室長室に行くと、応接セットに座るように言われる。

仕事だとはいえ、二人きりになるのは気が引ける。

「星園さんはパスポートを持っていますか？」

「いえ、持っていません」

「それでは、至急、作っていただかなければいけませんね」

どういうことだろうと思い首を傾げると、加藤室長がおもむろに説明を始める。

「聞いているかもしれませんが、今、大きなプロジェクトが進んでいます。中国の起業家相手のものなのですが、一月下旬の出張に付き添ってほしいんです。あちらで説明会を行った後、簡単なアンケートを取る予定で、その場で急いで纏《まと》めていただけないかと」

「承知いたしました」

加藤室長は、いつも通りで、淡々とした口調だった。

「急なことでお手数をかけて申し訳ありませんが、本日か明日には、手続きを進めてきてください」

「わかりました」

私は頷き、加藤室長に視線を向ける。そこには、感情のこもっていない瞳があった。

「話は以上です」

謝りたいけど、仕事中にその話をするのは憚《はばか》られる。私はなんでもないふうを装《よそお》って、立ち上がった。

「失礼します」

そう言って彼に背を向ける直前、彼の目が寂しげに揺れた気がした。

でも、それも私の都合のいい勘違いだろう。表面上はクールだけど、内心は怒っているに違いないのだから。

私は、室長室から出て一つ小さくため息をつくと、パスポートの手続きに必要な書類を役所へ取りに行くことにした。


今年の最終出勤日がやってきた。仕事は半日で終わる予定だ。

今日はオフィスの大掃除をするために、会社に来たみたいなものである。

窓を拭いている加藤室長に視線を移すが、当然目が合うことはない。やるせない気持ちになりながら机を拭いていると、板尾リーダーが肘《ひじ》で私の腕を突いた。

「そんな切ない顔しないでよ。もしよかったら、俺が協力してあげようか？」

「えっ」

「部下には手を出さないって噂だけど、一直線に気持ちを伝えたら、応えてくれるかもしれないじゃん」

誰がとは言っていないが、板尾リーダーは暗に室長だとほのめかした。

小声だけど、絶対にみんなに聞こえている。

お願いだから、本人の前でそんなことを言わないでほしい。

「……ちゃんとお掃除してください」

「してるよー」

ジトリと板尾リーダーを睨《にら》むが、彼はどこ吹く風だ。すると、瀬川マネージャーが話に乗っかってきた。

「星園さんって、好きな人がいるの？」

「……えっ」

「そうなんですよ。でも、自分からアプローチできないみたいで、俺が手伝ってやろうかって言っているところなんです」

板尾リーダーが、私の代わりに勝手に答えてしまう。

アプローチどころか、自分のせいで嫌われているのだ。

「……もう放っといてください」

「怒っている顔の鈴奈ちゃんも可愛いね」

板尾リーダーは全く悪びれた様子はない。

ちらっと加藤室長を見るけれど、話を聞いていないようだった。

掃除が終わり、社員が加藤室長に挨拶をして帰っていく。加藤室長は、室長室でまだ仕事をしているみたいだ。

年末年始も中国でのプロジェクトに関わる仕事があり、きっと忙しいのだろう。

私も挨拶をして帰ろうと室長室に入ると、加藤室長がクールな顔をこちらに向けた。

「加藤室長、本年は大変お世話になりました。来年もよろしくお願いします」

「こちらこそお世話になりました。よいお年をお迎えください」

加藤室長はそう手短に言うと、すぐにパソコンに視線を戻してしまう。

過去にあんなに求め合った時間は、幻だったのだろうか。

鼻の奥がツーンと痛み、泣きそうになる。しかし、こんなところで泣くわけにはいかないと、私は必死で笑顔を作り、室長室を後にしたのだった。

家に戻ってきた私は、大掃除をして気分を紛《まぎ》らわせていた。といっても部屋が狭いので、あっという間に終わってしまう。

年末年始、何をしよう……

ぼんやりとテレビでも見ていようか。いや、英語の検定の勉強をしなきゃ。試験があるんだし。それに、勉強に集中していたら、加藤室長のことを考えなくて済む。

座布団に座ってモヤモヤと一人で考え事をしていると、唐突にチャイムが鳴った。

誰だろうと思いながら、おそるおそるドアスコープを覗く。そこには、長身の綺麗な顔をした若い男性が立っていた。

「……どちら様でしょうか？」

「ちわーっす。お隣の加藤遊助《ゆうすけ》です」

「――っ！」

加藤室長の弟さんだ。

思わぬ人物の訪問に、私は驚いて固まってしまう。我に返り慌ててドアを開くと、彼はニコッと笑い、立派な箱を差し出した。

「壁が薄くて、声、丸聞こえだったみたいっすね。なんか、すみませんでした」

「……はぁ」

「兄貴から、菓子折りを持ってお詫《わ》びして来いって言われたんで……受け取ってください」

兄弟とは思えないほど、弟さんはチャラい。どうしてこんなにも違うのだろう。

呆然と見つめていると、彼はグイッと箱を押しつけてきたので、素直に受け取った。

「これも何かの縁なんで、よろしく」

差し出された手を、思わず握り返す。

「星園鈴奈です」

「めっちゃ柔らかい手をしてるね」

遊助君は、そう言ってにっこりと笑った。

なんだか、彼、とっても危険な香りがする……

本能的に危険を感じ、握られていた手を振り解《ほど》く。そして、ずっと隣人に言いたかったことを告げる。

「余計なお世話かもしれないけど、女性は物じゃありません。人のことを大切にした分、自分も人から大切にされるの。どうか自分も他人も大事にしてください。一途に誰かを愛するって、素晴らしいことだよ」

拳を握って勢いよく言う私を前に、遊助君はきょとんとしていた。いまいちピンときていないらしい。

すると、何を思ったのか、遊助君は「寒い」と言いながら部屋の中に入ってきた。

「ちょっ、ちょっと！　勝手に入らないで」

「隣人にはさすがに手を出さないから安心して。お邪魔しまーす」

勝手に座布団の上に座ると、途端に真剣な面持ちに変わる。

「……そのさ、一途に人を愛することについて、教えてくれないかな」

「え？」

今度は私がきょとんとしてしまう。

そうか。まだ若い彼は本当の愛とはなんなのか、わからないのかもしれない。いや、私だって恋愛偏差値が高いほうではないけれど……

どうやって伝えたらいいか迷っていると、遊助君がとうとうと話し始めた。

「俺さ、大手企業経営者の息子だろ？　まあ、御曹司ってやつなんだけど……だから女の子が嫌というほど寄ってくるんだよ」

いきなり自慢話かと思うけど、女性が彼を放っておかないのはわかる気がする。

「確かに、ルックスもとってもいいしね」

「だろ？」

遊助君は腕を組んで、うんうんと何度も頷く。

自分で言っちゃうところがすごい。

「それで、近づいてきた女の子は俺のことすぐ好きって言うんだ。俺の何をわかって好きなのか、っていう話だよ」

どうやら彼は、漫画や小説なんかでよくあるパターンの、御曹司特有の悩みを抱えているらしい。

「それに、一途な愛って理解できないんだよね。ずっと同じ人とセックスしていたら飽《あ》きない？」

「飽《あ》きない！」

きっぱりと言い切ると、遊助君は驚いたように目を見開いた。そんな彼に、私はゆっくりと説き聞かせる。

「好きな人と行為を重ねると、どんどん気持ちが強まっていくんだよ。抱き合うたびに、もっともっと好きになるの」

加藤室長のことが、脳裏に浮かぶ。

本当はもっともっと抱き合いたかった。

一分、一秒毎に、加藤室長への愛が深まっていった。本当に、大好きで仕方がなかったのだ。

「ずっと同じゲームをしていても、新しい発見があるみたいな？」

「ゲームにたとえるのはどうかと思うけど、そんな感じ」

加藤室長の弟に何を話しているのだろう。でも、できることなら遊助君には一途な愛を知ってほしい。

「肩書きなんて関係なしに、俺のことを好きになってくれる女の子っていないのかな……」

「きっといるよ！　遊助君、とっても人懐っこい性格だし、愛嬌《あいきょう》があるもの」

初めて会ったのに、人見知りすることなくここまで話せるなんて、彼はコミュニケーションスキルが高い。人の懐《ふところ》に入り込むのがうまいのだと思う。

「そうかな……。ねえ、ちょっと俺の話、聞いてくれる？」

遊助君は身を乗り出して、深刻な顔で言った。彼の勢いに押されて、私はこくりと頷く。

「い、いいけど……」

「もしかしたら、これが恋なのかなって思う人がいるんだけどさ」

「うん」

「兄貴が社会勉強のために、アルバイトをしろって言って、とりあえず塾の講師をやってんだ。そこで、同じアルバイトしている女の子がいて」

「ほうほう」

「胸は小さいし、髪の毛は真っ黒で地味だし、眼鏡かけているし、小さな声で喋《しゃべ》るし……全く俺のタイプじゃないんだ」

要するに、遊助君は華やかな女の子が好きなようだ。

加藤室長もそうなのかな。まあ、兄弟だからって好みが同じとは限らないか。

思わず加藤室長のことを考えてしまう私を尻目に、遊助君は続ける。

「ある日、アルバイトが終わって、俺、熱が出ちゃったんだよ。そしたらさ、その子、すごく心配してくれて家まで送ってくれたんだよね。で、朝まで看病してくれたんだ」

「へぇ、いい子だね」

「だろ？」

私が素直に感心すると、彼はどこか自慢げに笑った。彼女のことを思い出して、なんだか幸せそうな目をしている。

「でさ、彼女のおかげで元気になったから、朝になってそのまま食べちゃったわけ。そしたら、驚いたことにバージンだったんだよ」

ぶっ飛んだ話に、開いた口が塞《ふさ》がらない。

彼女はきっと、純粋に遊助君のことを心配して、看病してくれただろうに……

「さすがに勢いで初めてを奪っちゃったのは不味《まず》かったかな、って思ってたんだけど……彼女、恥ずかしかったけど、嬉しかったたって。その顔がすっごく可愛くってさ……」

「その子、遊助君が御曹司だってこと知ってるの？」

「いや。ただのアルバイト仲間だと思ってる」

「なるほどね。じゃあその子は、遊助君自身に好意を抱いているってわけだ。なんだ、いるじゃない！　遊助君を好きになってくれる人が」

私が声を明るくして言うと、彼は真っ赤になった。

「心を改めてみようかな。俺、一人の女の子と、真剣に付き合ってみたい」

彼が心を入れ替えようとしていることが嬉しくて、私は満面の笑みを浮かべる。

「いい考えだと思うよ！　そのほうが絶対に遊助君のためだもん。……遊助君、頑張ってね」

「おう、サンキュー」

遊助君は、首の後ろを擦《さす》りながらはにかむ。そして、改めて真剣な表情になり、しみじみといった様子で言う。

「兄貴が鈴奈ちゃんに惚《ほ》れた理由が、なんとなくわかる気がする」

「……惚《ほ》れた？」

「恋人みたいな関係だったんだろう？　だけど、隣に住んでいるのが兄貴だと勘違いした鈴奈ちゃんが、兄貴を陥《おとし》れようとしたって……教えてもらったよ」

「……まあ、そんな感じだけど」

先日、この部屋で加藤室長と話した時のことを思い出して、悲しみが全身に広がっていく。

陥《おとし》れるのを目的とせずに、加藤室長とちゃんと向き合って、恋愛がしたかった。

「鈴奈ちゃんは兄貴のこと、好き？」

私は何も言えずに固まってしまう。

加藤室長の弟である遊助君に、本心を知られるわけにはいかない。ごまかさないと……

「尊敬している上司の一人だよ」

遊助君は私の答えに納得できないのか、じっとこちらを見つめる。その視線に耐え切れず、私は逃げるように目をそらした。

「本当に陥《おとし》れるためだけに近づいたの？」

「……遊助君には関係ない」

「隠さなくてもいいよ」

遊助君がテーブルに肘《ひじ》をついて、私の顔を覗き込む。彼の顔に加藤室長の面影を感じてしまい、ぎゅっと胸が締めつけられる。

「酷いことをしてしまったの。謝って済む問題じゃないと思っている。加藤室長って本当に真面目で、誠実で、素晴らしい人。今の私じゃ、彼には見合わない。でも……もし、私が彼の隣に立てるくらい成長できたら……その時は……」

あふれそうな気持ちを、必死に押し留《とど》める。

でも、きっと遊助君には私の気持ちが伝わってしまっただろう。不安になって彼を見ると、遊助君は優しく笑いかけてくれた。

「まあ、なんとなく鈴奈ちゃんの気持ちはわかった。でも、ちょっとは焦ってね。のんびりしてると、政略結婚とかさせられちゃいそうだから」

「政略結婚？」

遊助君は私の問いに答えず、ただ曖昧《あいまい》に微笑むだけだ。そして、彼はすっくと立ち上がり、私を見下ろした。

「長居しちゃってごめんね。話せてよかったよ。これからも隣人としてよろしく」

遊助君は好きなことを話すだけ話して、あっさりと部屋から出て行ってしまう。

残された私の心の中には、彼が零した政略結婚という言葉がいやにこびりついていた。

その後、結局私は家でテレビを見ながら、一人で新しい年を迎えた。

母親とメッセージアプリで新年の挨拶を交わす。アプリを閉じようとした時、連絡先の一覧に加藤室長の名前を見つけた。

加藤室長は、どこで誰と新年を迎えているのだろう。

このままメッセージを送って、休暇中に会えたらなんてありえない妄想をする。

スマホをテーブルにそっと置いて、英語のテキストを開く。何もしないでいると、加藤室長のことばかり考えてしまうので、他のことに集中していないと過ごしていられないのだ。

みかんを食べながら勉強をしていると、チャイムが鳴った。

お正月なのに、一体誰だろう？

不思議に思いながら扉を開けると、遊助君と黒髪の女の子が立っていた。

女の子の姿に見覚えがあり、一瞬考え込む。

……ピュア子ちゃんだ！　かなり前に、遊助君の部屋から出てきた女の子。

そうか。遊助君が気になっていた子って、ピュア子ちゃんだったんだ。

「明けましておめでとう！　鈴奈ちゃん、どうせ暇でしょ？　ちょっとお邪魔してもいい？」

「おめでとう……、って、急に来るなんてびっくりするよ。それに……」

私は遊助君に不満げに告げた後、言葉を切ってピュア子ちゃんをちらりと見る。

私と目が合うと、ピュア子ちゃんは緊張した様子で頭を下げた。

「突然お邪魔してしまって、すみません。遊助とお付き合いさせていただいている、森《もり》泉聡美《いずみさとみ》と申します。よろしくお願いいたします」

遊助君とは対照的で、とても礼儀正しい子だ。黒髪の隙間から覗く頬が微《かす》かに赤く染まっていて、余計ピュアな印象を受ける。

どうやら、あの後ちゃんと二人はお付き合いを始めたらしい。

「初めまして。星園鈴奈です」

寒い中、玄関先で立たせているのは悪いので、二人を部屋の中に招き入れる。

「鈴奈ちゃん。お腹減ったんだけど、何か作ってくれない？」

「……もう、遊助君、遠慮って言葉知ってる？」

私は呆れ気味に遊助君を見つめる。

「そうだよ、遊助。急に来たのにご飯までねだるなんて、さすがに失礼よ」

聡美ちゃんは小声で遊助君を窘《たしな》める。しかし、その瞬間、彼女のお腹の虫が小さく鳴った。

「――っ！　す、すみません！　私ったら……本当にごめんなさいっ」

頬を真っ赤に染めて、聡美ちゃんが俯《うつむ》き加減で口早に話す。

私は苦笑を浮かべながら、「簡単なものでよければ」と、家にあるもので適当にご飯を作ることにした。

なんだか弟と妹ができたようで嬉しい。

手早くチャーハンと味噌汁を作り、食卓に並べる。

「加藤室長より美味《おい》しくないと思うけど、どうぞ」

「ありがとうございます」

「ありがとう」

聡美ちゃんと遊助君は、そう言うと、次々と料理を口に運ぶ。二人とも美味《おい》しいと言って、あっという間に完食してしまった。

食後、みんなでお茶を飲んでいたら、遊助君が思い出したように告げる。

「鈴奈ちゃん、最近、声聞こえる？」

「そういえば、あまり聞こえないなぁ」

「よかった。声を押し殺してもらってるんだ」

遊助君がニヤリと意地悪な笑みを浮かべて聡美ちゃんを見つめる。

「……遊助、恥ずかしいよ」

「はは、ごめんな。聡美が可愛いくて、ついからかいたくなるんだ」

そう言って彼が頭を撫《な》でると、聡美ちゃんは首まで真っ赤にして俯《うつむ》く。

仲睦《なかむつ》まじい二人が、とっても羨《うらや》ましい。私、今度こそ、恋愛なんて無理かも……

「いいわね、ラブラブで」

「鈴奈ちゃんも、早く兄貴と仲直りしてよ」

「そんなの絶対無理だよ……」

遊助君があっけらかんと言ってのけ、私はがっくりと肩を落とした。

一人のお正月は寂しいなと思っていたけど、二人が来てくれたおかげでとても楽しい時間になった。

知り合う前は最低な隣人だと憤慨《ふんがい》していたものの、なんだか憎めない遊助君と、可愛い聡美ちゃんと共に、ほっこりとしたお正月を過ごしたのだった。

年末年始の休暇が終わり数日後、私は新年会を兼ねて涼子と飲みに来た。

明るく飲もうと思っていたのに……私は涙を流しながら、加藤室長のことを語っていた。

「……だからね……すごく……すごく好きなの……。だから私、もっといい女になる。でも……いい女になったって、あれだけのことを仕出かしたし、振り向いてもらえないかもしれない……」

ビールを飲んで、グダグダに酔っている私の相手をしてくれる涼子は、苦笑い。

申し訳ないと思いつつ、ついついお酒が進んでしまいボロボロと弱音が出てしまった。

休み明けに加藤室長に会うのに、どれほど緊張したか。

久しぶりに出勤して、加藤室長のクールな瞳を見るとすくんでしまって、無難な挨拶をした。

私と加藤室長の関係は、上司と部下。きっとこのまま変わらない。

いつか告白するかもしれないと遊助君に伝えたが、言えないまま終わると思う。

新年早々、こんなお酒に涼子を付き合わせるのはよくないとわかっているのに、飲まないとやってられない。

「そっか。辛いね……。私が変な提案をしたばっかりに、本当にごめん」

涼子が私の背中を擦《さす》って、申し訳なさそうに言う。

「違うの。私が考えなしに行動したから……」

「……鈴奈！　やっぱり好きなら、諦めたらダメだと思う。私が言えたことじゃないけど、やっちゃったものは仕方がない。まずは、自分磨きと、仕事を頑張って振り向いてもらえるように努力してみない？」

「……うん」

結局、行き着くところはそこなのだ。

好きな気持ちがどんどん膨らんでいって、どうしようもなくなる。

できるところまで努力をして、当たって砕《くだ》けよう。

話を聞いてもらって少し元気になった私は、涼子と一緒に外に出た。

北海道の冬を経験している私にとって、東京の冬は暖かく感じる。雪だって全然ない。

「涼子、もう一軒飲みに行こうか」

「もうやめておこうよ」

二人で歩いていると、少し離れたところに見慣れた人が見えた気がした。まさかと思って目を凝《こ》らすと、そこにいたのは加藤室長だった。

大好きすぎて幻を見ているのかと思ったけれど、何度目を瞬《また》いても頬を抓《つね》っても、彼の姿が消えることはない。

「あれって加藤室長だよね」

涼子にも、彼の姿は見えているらしい。

ふと彼の隣に目を向け、私は頭の中が真っ白になった。加藤室長の隣に、綺麗な女性が寄り添うように歩いていたのだ。

――あの人は誰？

あんなに酔っ払っていたのに、一気に酔いが覚めてしまう。体が微《かす》かに震えるのは、寒さのせいではないだろう。

涼子が目を細めて、室長の隣を歩く女性をじっと見つめている。

「あの人、どこかで見たことがある。何かの雑誌に載《の》ってたような……」

「誰……？」

「確か大企業の社長令嬢だったと思う。超絶美人だからって、モデルの仕事をしているはず」

大きな隕石《いんせき》が、頭上に落ちてきたかのような衝撃が走った。

二人は肩を寄せ合って、楽しそうに話している。

もしかして、あの女性は加藤室長の新しい恋人……？

棒立ちになる私の横で、涼子が神妙な面持ちを浮かべる。

「噂で聞いたんだけど、加藤室長って社長の息子らしいの。もしかして、大企業の子女同士、お付き合いがあるのかも……」

「そんな……」

「もし本当に社長の息子だったとしたら、私たち庶民には到底手の届かない人だよね。……鈴奈、ごめん！」

涼子がものすごい勢いで私の肩をつかみ、謝ってきたので、びっくりして目を見開く。

「もう、次の恋を探したほうがいいかもしれない」

「さっき応援してくれるって言ったじゃない」

「あの美人には勝てないよ。家柄も容姿も。生きる世界が違うんだよ」

――生きる世界が違う。

本当にその通りだ。私は無言で俯《うつむ》き、両腕をだらりと下げる。

私に残された道は、諦めることだけなのだと思い知らされた気がした。


翌日。加藤室長が美しい女性と歩いていた姿が頭から離れず、いつも通り会社で仕事をしていても、気が気じゃなかった。

加藤室長は一途でとても真面目な人だから、中途半端な付き合いはしないだろう。きっと彼女と、真剣に交際しているに違いない。

「星園さん」

突然、加藤室長に名前を呼ばれ、ドキッとして振り返る。思った以上に近い距離に彼が立っていて、驚いていると、彼は私の後ろからマウスを持ってパソコンの操作をする。

まるで抱きしめられているようだと思って、心臓の鼓動が激しくなる。でも、きっと彼は全く意識していないだろう。

「中国出張で集計してもらうアンケートの書式が、こちらに入っています。少しわかりにくいので、見やすいように調整しておいてください」

加藤室長は、モデルみたいな美人が好きなのか。

ということは、あまり身長が高くない中肉中背な私は、もともと恋愛対象外だったのかな。

「星園さん、説明を聞いていましたか？」

「は、はい。承知いたしました」

クールな室長の声ではっと我に返る。見上げると、彼はすっと目を細めて私を眺めていた。

まずい。ここで、仕事もできない人だと思われたら、余計に評価が下がってしまう。

急いで返事をする私に頷く。

「よろしくお願いいたします」

そう言って、加藤室長は室長室へ戻っていく。彼が部屋に入ったのを確認して、私は思わずため息をついてしまった。

「鈴奈ちゃん、笑っていないといいことが起きないよ」

板尾リーダーが隣で励《はげ》ましてくれる。彼に目を向けると、心配そうに眉尻を下げている。

「最近、ずっと暗い顔をしているから」

「すみません……」

「来週、英語検定を受けるんだっけ？　根詰め過ぎてるんじゃない？」

「そんなことないですよ。合格するように、頑張ります」

会社で暗い顔をしちゃうなんて、社会人失格だ。仕事に集中して頑張らなきゃ。

来週の検定試験に備えて、今週末は家で勉強に励《はげ》もうと考えていた。しかし、テキストを開いた瞬間、遊助君と聡美ちゃんが遊びに来た。

「美味《おい》しいケーキを買ってきたんです」

「ありがとう。気を使わないで、普通に遊びに来ていいんだよ」

「はい。でも、やっぱり鈴奈さんに食べてほしくて」

聡美ちゃんにふんわりと笑いかけられると、女の私でもドキッとしちゃう。聡美ちゃんって、メイクや服装を変えたら大変身するタイプかも。

「お邪魔しまーす」

遊助君が遠慮することなくズカズカと中に入ってきて、座布団の上に座る。そして、興味深げにテーブルに広げてあったテキストを覗き込む。

「英語なんか勉強しているの？」

「そうよ。スキルアップしようと思って、頑張っているの」

聡美ちゃんが遊助君の隣に腰かけた。二人並んでじっと私の顔を見つめる。

「なんか、鈴奈ちゃん、顔色悪くない？」

「私もそう思います」

遊助君の言葉に同意するように、聡美ちゃんも頷く。

体調はそんなに悪くないけれど、とにかく加藤室長を忘れようと思って勉強ばかりしていた。それとあまり眠れていないせいもあるかも……

「全然笑わないし。鈴奈ちゃんは笑顔のほうが似合うよ」

「鈴奈さん、スマイルですよ」

そういえば、板尾リーダーにも笑顔がないと言われた気がする。

笑う門《かど》には福来《きた》ると言うけれど、でも、どうしても元気が出ない。

「兄貴、お見合いをしたんだって」

追い討ちをかけるみたいに、遊助君が爆弾を落とした。

「えっ、嘘……」

「どこかの企業の社長令嬢らしい。鈴奈ちゃん……本当にいいの？」

いいも悪いもない。自分には手の届かない存在なのだ。

そして、今は嫌われてしまっている。

「二人ともお腹空いてない？　オムライスでよかったら作ってあげる」

「え、本当？」

話題を変えるためにそう提案すると、途端に二人は目を輝かせる。そんな二人を微笑ましく思いながら、私はキッチンに立った。

初めて会った日から、なぜか遊助君は頻繁《ひんぱん》に遊びにくるようになり、夕食を一緒に食べることもある。

一人っ子の私にとって、弟みたいでとても可愛い。

それに最近は一途に目覚めたようで、安心している。

オムライスが完成して、二人の前に皿を出すと、本当に美味《おい》しそうに食べてくれる。作った甲斐《かい》があるというものだ。

私はあまり食べる気持ちにならなくて、簡単に作ったマカロニサラダだけをつまんでいた。

二人の姿を見ながら頬を緩めていると、遊助君がこちらを見る。

「鈴奈ちゃん、もう一つオムライス作ってくれる？」

「え？　おかわりがほしいの？」

「メモを置いてきたから、そろそろ来ると思うんだ」

誰が？　……と、聞こうとした時、チャイムが鳴った。

困惑する私の脇を、遊助君が通り抜けドアを開けた。

「よう、兄貴」

軽い調子で手を上げる遊助君を前に、ドアの外から現れた人物――加藤室長が鋭い声を上げた。

「ようじゃない。これはどういうことだ。しっかり説明しなさい」

手にメモ用紙を持った加藤室長が、かなりの剣幕で怒っている。

「だーかーら、菓子折りを持って謝りに行けって言ったのは兄貴だろ」

「それとこれとは別だろ。どうして、馴れ馴れしく星園さんの家にお前がいるんだ」

「お友達になったからだよ。ねー、鈴奈ちゃん？」

遊助君が私に話を振り、加藤室長と目が合う。彼の突然の登場に頭の中が真っ白になっていた私は、思わず頷いてしまう。

すると、加藤室長は遊助君の腕をむんずとつかみ、引っ張った。

「帰るぞ」

「待ってよ。今、オムライス作ってもらって、食べていたとこなんだ」

「……お前、料理まで作ってもらっていたのか」

加藤室長は、唖然とした様子で遊助君を見つめる。

「何度かご馳走《ちそう》になっているよ。すげぇ美味《おい》しいの」

「はあ」と大きくため息をつき、呆れたとばかりに首を振る加藤室長。

遊助君はそんな加藤室長を面白そうに見ながら、聡美ちゃんを自分の隣に連れてきた。

「兄貴、こいつ俺の彼女の聡美」

「は、初めまして。お付き合いさせていただいています、森泉聡美です」

聡美ちゃんは初めて会う加藤室長に緊張しているらしく、声が震えている。

加藤室長は驚いた様子で、中指で眼鏡を上げた。

「あなたのような真面目そうなお嬢さんが、うちの弟とお付き合いしても大丈夫ですか？」

「おい、どういう意味だよっ」

すかさず突っ込みを入れる遊助君を見て、聡美ちゃんはくすくすと笑う。

「もちろんです。私にはもったいないくらい、優しくて素敵な方です」

「……そうですか。何かと至らない弟ですが、よろしくお願いいたします」

「こちらこそ、よろしくお願いします」

なぜか私の家の玄関先で、加藤室長と聡美ちゃんが挨拶し合っている。不思議な光景だ。

和《なご》やかな空気に包まれ、私は加藤室長と向き合った。

「加藤室長、玄関先でお話しするのもなんなので、もしよければ上がってください」

「えっ」

私の発言に、加藤室長は目を丸くして固まってしまう。遊助君がそんな彼の手を引っ張った。

加藤室長に座布団を差し出すと、彼は遠慮がちに正座をする。

……加藤室長が私の部屋にいる。

胸の高鳴りを感じつつ、私は彼に問いかけた。

「お昼ご飯は召し上がりましたか？」

「いえ」

「大したものではないですが、オムライスなら出せますけど……」

一瞬、加藤室長の瞳が揺れたように見えたが、すぐにクールな表情に戻ってしまう。

「そこまでお世話になるわけにはいきません」

「みんなで食べたほうが美味《おい》しいので、作らせてくれませんか？　お口に合わなければ、残していただいても構いませんので」

にっこりと笑って言うと、加藤室長はゆっくりと頷いた。

加藤室長に手料理を振る舞うのは、初めてだ。

緊張で包丁を握る手が震えそう。

料理をしていると、後ろから加藤室長の声が聞こえてきた。

「遊助、中途半端な気持ちでお付き合いをしてはいけない。大事なお嬢さんなんだから、大切にするんだ」

「あぁ、わかってる。鈴奈ちゃんに教えてもらったから……。一途な愛ってやつを。それより兄貴は、自分の心配をしたら」

どうやら加藤室長は、遊助君のことをかなり心配しているみたいだ。でも、遊助君の言葉に加藤室長は無言になる。

「できました」

自分の分のオムライスも作って、テーブルに並べる。加藤室長は、オムライスをじっと見つめた。

「ご馳走様《ちそうさま》。俺らもう行くな」

遊助君はそう言い、聡美ちゃんと共に立ち上がった。

「ちょっと待って、美味《おい》しいケーキ買ってきてくれたんでしょう？　食べて行かないの？」

「俺らこれからデートで忙しいんだ。鈴奈ちゃんと兄貴で食べて。じゃあね」

「ご馳走様《ちそうさま》でした」

聡美ちゃんも礼儀正しく頭を下げると、二人は仲よく手を繋《つな》いで出て行った。

加藤室長と突然二人きりになってしまった。気まずい。どうしよう……。

「せっかく作っていただいたので、食べてから帰ってもいいですか？」

沈黙を破ったのは、加藤室長だった。

「もちろんです」

両手を合わせて「いただきます」と言うと、スプーンを手に取ってオムライスを掬《すく》った。

オムライスを口に入れた加藤室長は、いつものクールな表情を少し柔らげる。そして、温かい瞳で私のことを見つめた。

「とても美味《おい》しいです。遊助は、何度もご馳走《ちそう》になっていると言っていましたね。……羨《うらや》ましい」

呟いた加藤室長は、はっとして真っ赤になった。

彼の言葉が嬉しくて、私はにっこりと微笑む。

「お口に合ってよかったです。加藤室長は、お料理がとても上手なので緊張しました」

加藤室長の家で、生姜《しょうが》焼きを食べさせてもらったことが懐かしい。

また食べたいな……なんて、そんなことを気軽に言えるような関係ではない。私は静かにオムライスを口に運んだ。

「星園さんは、すごいですね。あの遊助があそこまで変わるなんて」

「ついつい、暑苦しく語ってしまいました。でも、私は大したことは言ってないんですよ? 遊助君が一途になったのは、聡美ちゃんという存在が大きいのだと思います」

私の言葉を聞いて、加藤室長は目を細め小さく笑った。

「彼女の存在ももちろんですが、やはり星園さんの言葉が遊助に気づきを与えたんだと思います。弟の面倒まで見ていただき、本当にありがとうございます」

「いいえ。私一人っ子なので、弟ができたみたいでとても嬉しかったんです」

緩く頭を振り、表情を綻《ほころ》ばせると、加藤室長は私から目をそらした。

……やっぱり嫌われている。

腹の奥がすっと冷えていく。一度亀裂《きれつ》が入ってしまったら、もう元には戻れない。しかも、彼はお見合いをしたのだ。変な期待をしてはいけない。

でも、こうして加藤室長と向き合って食事をしていることが、私はどうしようもなく幸せだった。永遠にこの時間が続いてほしいと願いたくなる。

あっという間に食べ終えた加藤室長が、笑って言ってくれた。

「ご馳走様《ちそうさま》でした。本当に美味《おい》しかったです」

今日は久しぶりに、彼の優しい笑顔を見られた。それだけで、嬉しくて泣きそうになってしまう。

「……それでは、私はそろそろお暇《いとま》させていただきます」

加藤室長が立ち上がって帰ろうとしたので、私は咄嗟《とっさ》に手を伸ばす。

「あ、あのっ、ケーキをもらったんです。一人だと食べきれないので、もしよかったら食べていってください」

加藤室長はそう言った私のことを、無表情で見つめる。彼の気持ちが全くわからず、不安がむくむくと膨張した。

嫌われているというのに、さすがに往生際《おうじょうぎわ》が悪かったかも……今のは忘れてください、って言ったほうが加藤室長の迷惑にはならないよね。

「あっ、あの――」

「では、お言葉に甘えていただいていくことにします」

しかし、私の台詞《せりふ》を遮《さえぎ》るように、加藤室長が口を開いた。

「――は、はいっ！　コーヒーも淹《い》れるので、ちょっと待っていてくださいね」

返事の声が、少し裏返る。もう少し一緒にいられると思うと、胸が熱くなり、浮かれてしまいそうだ。

コーヒーを淹《い》れながら加藤室長が買ってくれたハートのマグカップを思い出す。もう、処分されちゃっただろうか。

コーヒーを淹《い》れて、ケーキをテーブルの上に置くと、加藤室長と目が合った。

「来週は、英語の検定試験を受ける予定でしたよね」

「覚えていてくださったのですね。経営企画室のメンバーとして、もっと役に立ちたいなと思って」

加藤室長は眼鏡を上げる。

「星園さんの存在は、とてもありがたいです」

――部下として。

彼の言葉の続きに、そう聞こえたような気がした。

「ありがとうございます。もっと、スキルアップしていかないとですよね。……あ、あの、ケーキ、とっても美味《おい》しいですね」

「ええ……」

加藤室長はケーキを見下ろしながら、静かに頷く。

会話が途切れてしまうと、あっという間にケーキを食べ終えた。

今度こそ本当に帰っちゃう。

「なんだかたくさんいただいてしまって申し訳ない」

加藤室長は苦笑を浮かべつつ、小さく頭を下げる。

今後、彼とプライベートで二人きりになれる時間は二度と来ないかもしれない。私は、謝るなら今のタイミングしかないと思い、勇気を出して口を開いた。

「加藤室長」

「はい」

「先日は、本当に申し訳ありませんでした。加藤室長を傷つけてしまったこと、心から反省しています」

途端に部屋の中がしんと静まり返った。時計の針の音が、嫌に大きく聞こえる。

私は、おそるおそる加藤室長を見つめた。

彼は非常に困った表情で、黙ったままこちらを見ている。

「許してもらおうなんて思っていません。これから、部下として力になれるよう、さらに頑張ろうと考えています。加藤室長がおっしゃった通り、私は突き進んでしまうところがあって……。もっと冷静な判断ができる人間になりたいです」

私の言葉を聞いて、加藤室長が双眸《そうぼう》を緩めた。

「そうですか。上司として応援できるところがあれば、力になりたいと思います」

加藤室長はどこかすっきりとした表情で言うと、すっくと立ち上がった。

「では、また会社で会いましょう。お邪魔しました」

出て行く加藤室長を見送る。

反省したことを伝えることができた。今はそれだけで充分だ。

これから仕事を通して、彼への信頼を取り戻さねば。

そう思う心とは裏腹に、なぜか私の目からは涙があふれるのだった。

第七章　二人きりの夜

本日、私は英語の検定試験を受けていた。

手ごたえはまずまずだ。あとは結果が通知されるのを待つのみ。

私は足取りも軽やかに、試験会場を後にした。

　せっかくの日曜日だから、少しお茶でもして帰ろうかな。

　街を歩いていると、旅行会社が目に入った。札幌にいた時、旅行会社でバリバリ働いていたのを思い出す。

　……懐かしいなあ。遠い昔のことのような感じもするけど、あれからまだ一年も経っていないのか。

　店舗《てんぽ》に近づいて、パンフレットを眺める。

　お金が貯まって引っ越しができたら、旅行をしたいな。

　元々そんなに裕福な家庭ではなかったから、旅行する機会は少なかった。けれど、旅行会社に勤めるようになって、旅の素晴らしさを知った。

　旅先で見たことないものを見たり、食べたりする経験は人生を豊かにする。そして、他の土地に行くからこそ、今住んでいる自分の土地の魅力を再発見することができるのだ。

　違うパンフレットを手に取る。ハネムーンのパンフレットだった。

　……加藤室長、本当に結婚しちゃうのかな。

　他の誰かのものになってしまうと考えると、とてつもなく悲しい感情に支配された。

　加藤室長との新婚旅行だったら、とても楽しいだろうな。

　朝から晩まで一緒にいて、幸せな気持ちになれそう。

想像すればするほど、胸が苦しくなっていく。

「はぁ」

来週は中国出張だ。

旅行会社で働いていた時は、主に国内旅行の販売を担っていた。プライベートでも、海外に行ったことがない。

旅行会社に勤めているのに意外だと、よく言われたものだ。

初めての海外が仕事なんて少し残念だけれど、いい経験をさせてもらえるのは素直にありがたい。

加藤室長はビジネスクラスに乗るものだと思っていたのだが、私と同じエコノミーでいいと言った。会社の経費を使うのがもったいないらしい。

私はてっきり別々の場所に座ると思っていたので、気を抜いていた。

飛行機の座席が隣同士なんて、緊張してしまう。飛行機の座席って狭いし、肩が触れてしまいそうだ。

でも、これは仕事。割り切って行かなければならない。

パンフレットを戻して、私はぐっと拳を固めるのだった。

「お先に失礼します」

今日も無事に仕事を終えたが、加藤室長とはほとんど会えなかった。

外部との打ち合わせがあるらしく、そのまま直帰するとのこと。

今週の木曜日から、ついに一泊で中国出張だ。パスポートも無事に発行され、準備万端である。

「よう」

オフィスの外に出ると、花壇《かだん》に座っていた男性が、私に向かって手を上げた。

「……っ！」

誰かと思えば、元彼の正人だ。正人とは、以前同棲《どうせい》していたアパートを飛び出してそれっきりだ。全く連絡も取っていなかった。

私は思い切り顔をしかめる。

「……なんでこんなところにいるの？」

「仕事を探していてさ。面接を受けに来たんだ。なんだか最近調子が今一つだったんだが、今回はうまくいきそうだ。そうなったら俺も東京で働くことになるわ」

正人は陽気に笑って、私との距離を詰める。

私を散々苦しめて裏切ったというのに、何事もなかったかのようにひょっこりと現れるなんて信じられない。

「私がここで働いているってこと、誰から聞いたの？」

「誰だっていいだろ。俺とお前は付き合いが長いんだから、どこに隠れようが絶対にお互いの居場所がわかるんだよ」

そう言って、正人はニヤリと気味の悪い笑みを浮かべた。ひやりと冷たいものが背筋を伝う。

この場から逃げ出したいけれど、正人は行く手を阻《はば》むように私の前に立ちふさがった。口元に笑みを浮かべているものの、目が据わっている。

「赤ちゃんは元気なの？」

私はこの場を穏便に収めようと、できるだけ柔らかい口調で問いかけた。

「子供は可愛いけど、鈴奈が産んでくれたら、どれほどよかったかなと思う」

「……自分で選んだ道なんだから、責任を持って、幸せにしてあげないとダメでしょ」

「はは。鈴奈に怒られるの、懐かしい」

正人はヘラヘラと笑い、こちらにぐっと顔を近づけた。

「せっかく再会したんだから、これから一緒に飲まないか？」

「何考えてるの？　奥さんと赤ちゃんがいるのに、飲み歩いている場合じゃないでしょう」

あれだけ私を手酷く振ったことを、彼はすっかり忘れてしまったのだろうか。

すると、正人はすっと表情をなくし、冷たい目で私を見た。

「男できた？」

「あなたには関係ない。じゃあ、お元気で」

その場から去ろうとしたが、正人は力強く私の腕をつかんだ。

「ごめん。お金貸してくれない？」

「え？」

まさか北海道からわざわざ私に会いに来たのは、お金を無心するためだったの？

とことん最低な男だ。どうしてこんな人と長年付き合っていられたのか、今となっては不思議である。

私はキッと彼を睨《にら》みつけた。

「無理」

「いい会社に勤めてるんだから、稼《かせ》いでるだろ？　絶対に返すから、少し貸して」

「嫌よ」

「お前は冷たいな。赤ん坊と俺の奥さんが辛い思いしていても、関係ないっていうの？

俺の嫁さんと親友だったんだろ」

そうだった。でも、正人がその関係をぐちゃぐちゃにしたのだ。

最低。この人は私の心を、どれほど踏みにじったら気が済むのか。

何度も腕を引っ張るが、正人は一向に手を離してくれない。彼は薄気味悪い笑みを浮かべたまま、昏《くら》い目で私ににじり寄る。

「いい加減にして」

「とりあえず十万でいいから」

「無理だって言っているでしょう。正人とは縁を切ったの」

怒りと恐怖でおかしくなりそうだ。誰か助けて……！

しかし、通行人は巻き込まれたくないとばかりに、知らない顔をして通りすぎて行ってしまう。

その時、シルバーの高級車が目の前に止まった。

驚いて見ていると、そこから降りてきたのは――加藤室長だった。

一番見られたくない人が突然現れ、頭がパニックになる。加藤室長が私のほうへゆっくりと近づいてくる。

「お疲れ様です」

「お疲れ様です……」

正人は警戒した様子で加藤室長を睨《にら》みつける。正人がつかんでいる私の腕をちらりと見て、加藤室長は私を見た。

「こちらの方は？」

「……あ……えっと」

私が答えに困っていると、正人が勝手に返事をしてしまう。

「鈴奈の元彼氏です。……もしかして、鈴奈の今の彼氏？　……なわけないか。歳の差がありそうだし、こんなイケメンと鈴奈が付き合えるわけないよな。あ、わかった、上司だな」

口を開けば失礼なことばかり言う男だ。私は繋《つな》がれている腕を、再度力強く引っ張った。

「もう本当にやめて。手を離して！」

強い口調で言うが、正人は悪びれた様子もなく続ける。

「まあ、そんなこと言うなよ。ほら、行こうぜ。じゃあ、鈴奈の上司さん、俺たちはこれで――」

「鈴奈、車に乗って」

正人がすべて言わないうちに、加藤室長は遮《さえぎ》った。そして、正人の手をぐっとつかみ、私の腕から離す。

加藤室長に呼び捨てにされた私は、ぽかんと彼を見つめる。

手を無理やり解《ほど》かれ、正人は真っ赤になって加藤室長を睨《にら》みつける。

「ちょっ――」

「歳の差はありますが、正式に交際しています。大事な彼女の前に、金輪際《こんりんざい》現れないでください」

「は？　嘘でしょ？」

「いえ、こんなこと、冗談でも言いません」

正人は、私と加藤室長を交互に見遣《みや》った。

「では、失礼します」

礼儀正しく正人に挨拶すると、加藤室長は私の背中に手を添えて、車までエスコートしてくれる。

乗ってしまってもいいのかと動揺しながら見つめると、加藤室長は小さく頷く。ひとまずここは避難させてもらおうと、私は助手席に乗り込んだ。

運転席に乗った加藤室長が、エンジンをかける。

窓から見ると、正人が呆然と立ちつくしているのが見えた。

浮気された上に、子供が生まれると聞かされた時、私がどれほどショックだったか……正人には一生わかるまい。どんな思いで札幌を出たか、きっと想像もつかないだろう。

車が滑るように動き出す。私はどんどん小さくなっていく正人から目を背《そむ》け、彼と共に過ごした九年間に別れを告げた。

十分ほど車を走らせたところで、私はそっと加藤室長に声をかける。

「……ありがとうございました。そして、申し訳ありませんでした」

「これでよかったんですか？」

「え？」

どういう意味かと彼を見つめると、加藤室長は前を見たまま続けた。

「困っているようだったから助けましたけど、本当はあの方とゆっくり話をしたかったのではないかと思いまして」

加藤室長はそう言って、一瞬こちらに目を向けた。しかし、私はゆっくり首を横に振る。

「お金を貸してくれって言われていたんです。あまりにもしつこくて困り果てていたところで……痴漢《ちかん》の時もそうでしたが、またピンチの時に助けていただきましたね」

「タイミングよく近くを通ったので、よかったです」

「本当にありがとうございました」

「大丈夫……ではありませんよね。人のことを悪く言いたくないが、彼のことは早く忘れたほうがいい」

「……はい」

私は頷いて、運転している彼をもう一度見た。

正人から助けてくれて、とても嬉しかった。改めて、加藤室長のことが好きだと思う。

そういえば、加藤室長の車に乗せてもらうのは初めてだ。

狭い空間に二人きりなんて、緊張する。距離が近いので、ドクドクとうるさい心臓の音が聞こえないかと心配だ。

赤信号で車が止まると、加藤室長がちらっとこちらを見た。しかし、彼はすぐに視線を前に戻し、中指で眼鏡を上げる。

「わかっているとは思いますが、先ほどはあなたを助けるために、付き合っていると言いました」

「……わかっています」

あえて言わなくても、わかってるよ。

改めて彼に否定された気持ちになり、薄く目に涙が張るのを感じた。

すると、落ち込む私に加藤室長が話しかける。

「次にお付き合いする人は、誠実な人だといいですね」

「……はは、本当ですよね」

そう答えたけれど、もう誰とも付き合うなんてできない気がする。加藤室長以上に心奪われる人になど、出会えないだろう。

「ここら辺で降ろしていただければ……。もう大丈夫だと思います」

「家まで送りますよ」

「本当に大丈夫ですから」

涙があふれてしまいそうだったので、一刻も早く車から降りたかった。

「泣きそうな顔をしているではないですか。怖かったんでしょう?」

「えっ」

「そんな状態なのに、一人で帰らせるわけにはいきません。何かあっては大変なので……。上司として、部下の安全を見届けたいんです」

そんなに『上司』という言葉を強調しなくてもいいのに。

でも、私が断っても、親切な加藤室長はきっと家まで送り届けてくれる。一緒にいるのは苦しいけれど、やっぱりここは甘えることにしよう。

「……それでは、お言葉に甘えて。ありがとうございます」

私が小さな声で言うと、加藤室長が優しい目をして頷いた。

その目が、関係が壊れてしまう前に見たもののようで、胸が張り裂けそうになる。

――本当に婚約してしまったんですか？

そう聞きたいけれど、聞けるわけがない。

「中国出張、初めての海外なんです」

私は気持ちを切り替えるために笑みを浮かべて、明るい声で加藤室長に言う。

「そうなんですか？」

「旅行会社で働いていたのにと言われるのですが、海外に行くチャンスがなくて」

「そうでしたか。初の海外が仕事というのは残念でしたね……」

「いえっ。むしろありがたいと思っています。加藤室長と一緒なら安心ですし」

素直な気持ちを告げると、加藤室長は一瞬黙り、そしてゆっくりと口を開いた。

「……あまり男を喜ばせるようなことを言わないほうがいい」

「えっ？」

「無意識であなたはそういうことを言っているのですか？」

「申し訳ありません……」

なぜかわからないが怒られてしまったので、シュンとして謝ると、加藤室長は慌てた様子で私を見る。

「いえ、変なことを言ってしまい申し訳ありません。今言ったことは忘れてください」

加藤室長らしくない。こんなふうに表情がコロコロと変わるなんて、珍しいことだ。

それからなんとなく気まずい雰囲気になり、あっという間に家に到着してしまった。

さっきまでは、早く車から降りたいと思っていたのに、今はもっと一緒にいたい。名残《なご》惜《り》しくて、シートベルトを外す手がもたついてしまう。

「わざわざ送っていただいて、ありがとうございました」

「いえ。ゆっくりと休んでください」

家で食事でもどうですか？……と誘いたいけれど、愛おしく思っているのは私だけ。

きっと、加藤室長は迷惑がるだろう。

なかなかドアを開けない私を、加藤室長は不思議そうに見つめている。

「中国出張、頑張ります。ありがとうございました」

私は今できる精一杯の笑顔を作り、彼に言った。

私が車から降りると、プッとクラクションを鳴らして車は走り出す。車が見えなくなるまで見送ってから、部屋に入った。

ドアを閉めてすぐにチャイムが鳴る。加藤室長が何か用でも思い出したのかと、期待してドアを開けると、そこに立っていたのは遊助君だった。

「どうして家まで送ってもらったのに、部屋に入れないんだよっ」

ドアを開けるなりそう言う遊助君に、私は目を丸くする。

「え？」

「兄貴の車が見えたから。送ってもらったんだろ？」

「事情があって、車に乗せてくれただけなの」

遊助君は私の恋を応援してくれている。

ありがたいが、こじらせた関係の修復は難しい。

遊助君は部屋に入って、私をジロッと睨《にら》んだ。

「いいのかよ。このままだと兄貴、結婚しちゃうかもしれないぞ？」

「身分も地頭も違うし、不釣り合いだもの」

「鈴奈ちゃん、俺にはバンバン言うくせに意気地なしだな」

痛いところを突かれて、私は黙ってしまう。そんな私の顔を覗き込み、遊助君は真剣な表情で語りかける。

「俺は、本当の恋愛を教えてくれた鈴奈ちゃんにも、幸せになってもらいたいんだよ」

遊助君が心配してくれているのが、痛いほど伝わってくる。私は微笑んで、彼に言った。

「ありがとう。実は、加藤室長と中国出張があるんだ。恋愛は置いといて、まずは彼の足を引っ張らないように頑張ってくる」

「まじ？　じゃあ、キムチ買ってきてよ」

「キムチは韓国でしょう」

「あ、そっか。お土産《みやげ》楽しみにしてるから」

遊助君が目の前であぐらをかいて、にっこりと笑う。

「兄貴が政略結婚する前に、鈴奈ちゃんにはしっかり気持ちを伝えてほしい」

「ありがとう、考えとくね。私、明日も仕事だから、またゆっくり遊びにおいでよ」

無理矢理笑顔を作ると、遊助君は何か言いたそうにしていたが、結局そのまま自分の部屋へと帰っていった。

いよいよ中国出張当日。私は加藤室長と飛行機に乗り込み、窓際から並んで座っていた。

予想はしていたが、やはり肩がぶつかりそうなほど近くて、ドキッとしてしまう。

加藤室長は今日もビシッとスーツを着こなしていて、仕事ができるサラリーマンというオーラが漂っている。

つい彼のことをぼーっと見つめてしまいそうになるが、これは仕事なのだから、気を引き締めなければ……。

加藤室長のこの二日間のスケジュールはかなりハードだ。

今日は午後から中国の起業家への説明会を行い、夜の十八時から二十時は、一部の起業家との交流会。

それを終えてから、説明会でのアンケート調査などの結果を纏《まと》めて、次の日の朝十時から、また違う説明会を行う予定だ。午後の便で日本に戻り、それから別件の会議に参加する。

予定を確認するだけでも、めまいを起こしそうなほど忙しい。体調を崩さないか心配だ。

「説明会での記録も残しておいてください。通訳の方が星園さんの隣にいてくれるので、内容はわかると思います」

「はい」

本日の説明会で飛び交う専門用語は予《あらかじ》め学んであるが、ついていけるか心配だ。シートベルトサインが消えると、加藤室長は早速ノートパソコンを開き始めた。

「今日は大変なスケジュールですから、眠っていてもいいですからね」

私のことを気遣ってくれる彼に、ついついときめいてしまう。

「何かお手伝いできることがあれば言ってください」

「ありがとうございます。これは日本に帰ってからの会議資料の確認ですので、本当に大丈夫ですよ」

加藤室長はクールな顔に、小さく笑みを浮かべる。

「……あ、そうだ」

加藤室長は思い出したように、鞄《かばん》の中から何かを取り出した。

「せっかくの旅なので、少しは楽しんでください」

そう言って私に手渡したのは、コンビニでよく売っている板チョコレート。

驚いた私は、目を丸くして加藤室長を見つめた。

「隣で仕事をしていたら気が休まらないかもしれませんが、これを食べてのんびりしていてください」

どうして、もっと好きになってしまうようなことをするのだろう。

婚約者がいるという噂なのに、諦めきれなくなってしまうじゃない。

感動しながらチョコレートを食べていると、加藤室長は隣で軽快にパソコンのキーボードを打っている。

ちらっと彼の横顔を見上げると、やっぱりすごく好きだなぁと思う。ふと、加藤室長がこちらを見たので、心臓が壊れそうなほど動いた。

「どうかしましたか？」

「あ……いえ……一口いかがですか？」

チョコレートを差し出すと、加藤室長は目を細めて頷く。

「いただきます」

パキッとチョコレートを割って、手渡す。

――兄貴が政略結婚する前に、鈴奈ちゃんにはしっかり気持ちを伝えてほしい。

遊助君の言葉が過《よぎ》る。

しかし、私はその言葉をかき消した。告白なんかしても、加藤室長を困らせるだけ。

今は、仕事に集中しよう。

上海《シャンハイ》に到着すると、タクシーで目的地へと移動した。

私は初めて訪れた異国の地にドキドキしていたけれど、加藤室長は平然としている。

説明会を開催するビルに到着すると、すぐに会議室に向かう。

会場は、すでにたくさんの人であふれ返っていた。中国語が飛び交っていて、何を話しているのか全くわからない。

説明会が始まると、三十代ぐらいの女性が隣に来た。通訳をしてくれる人だ。

「初めまして、リーと申します」

「星園です。お世話になります」

綺麗な黒髪を後ろに一つに束ねた彼女は、細身のベージュ色のスーツを着ていて、スタイルが抜群だ。まさに容姿端麗という言葉がぴったりの美女である。

「你好《ニーハオ》」

加藤室長が、今回のプロジェクトについて説明を始めた。流暢《りゅうちょう》な中国語を話していて、私は目をぱちくりとさせる。

説明会に参加する起業家はとても熱心で、次々に質問の手が上がる。どんな問いにもテキパキと答えていく加藤室長の姿に、私は尊敬の眼差しを送った。

夕方までの説明会が終わると、交流会が行われる近くのホテルに移動する。その途中、同行していたリーさんが、気さくに話しかけてくれた。

「加藤さんは、偉い方なのにとても勉強熱心ですね。中国語もすぐにマスターされましたし。私がオンラインで教えたんです」

「そうだったんですか」

確かに二人は初対面という感じではなく、昔から知っているような雰囲気が漂っていた。

「頭がよくて話が面白い。本当に素敵な人だと思っています」

そう言うリーさんの目は、どこか熱っぽい。ここにもライバルがいたのかと、気持ちが重くなってしまう。

交流会の会場に移動して、立食パーティーが始まる。

本場の中華料理に胸がときめくが、仕事で来ているので、ゆったりと食べられるムードではない。

加藤室長は交流会の会場でも質問攻めにあっていたが、それにすべて笑顔で返していた。

二時間の交流会が終わり参加者を見送ると、最後まで残っていたリーさんをホテルのエントランスまで送っていく。

「加藤さん」

リーさんが加藤室長を呼ぶと、彼の肩に手を置き、中国語で何かを囁《ささや》いた。

目の前の光景に、私の心はざわついた。

これ以上、二人の様子を見ていたくなくて、私は少し離れたところに行く。

異国の地でも、加藤室長は人気があるらしい。先ほど話していて、リーさんは加藤室長が御曹司だということも知っているようだった。狙っているのがわかる。

「星園さん、お待たせしました。それではこれからアンケート結果を纏《まと》めるので、僕の部屋まで来ていただけますか？」

「……はい」
リーさんを見送った加藤室長が、私の元にやってきて言った。私は俯《うつむ》き加減に頷き、
宿泊するホテルへと向かう。
「質問攻めにあって、ほとんど食べることができなかったです」
「忙しそうでしたもんね」
「彼らの熱心な心意気は、本当に尊敬しますね。自分たちも頑張らなければと思います」
仕事の話をしながら歩いていると、すぐにホテルに到着した。加藤室長の部屋には、
大きなベッドとテーブル、椅子が二脚用意されていた。
「わからないところがあったら聞いてください」
「はい。資料がたくさんあるので、ベッドの上で作業をしても大丈夫でしょうか……？」
「構いませんよ」
許可を取ると、ベッドの上を汚さないように、バスタオルを敷いて資料を広げた。
ノートパソコンを立ち上げて、アンケートを纏《まと》めていく。書いてある内容は中国語な
のでわからないが、番号を集計していけばいいだけなので難しい作業ではない。
その後、アンケートの結果を元にグラフを作っていく。それだけのことなのだが、か
なりの量があるので、明日の朝に間に合わせるためには、やはり私のように慣れている
人間が必要だったのだと思った。

作業が終わったのは、夜中の一時を過ぎた頃だった。

やっと解放されて、私は両手を上げて体を伸ばす。

「やっと終わりましたね！」

満面の笑みを浮かべて加藤室長に話しかけると、彼はスッキリした表情で頷いた。

「本当に助かりました。これで明日の説明会もうまくいくと思います」

「お役に立ててよかったです」

ふと私と加藤室長は、見つめ合ったまま無言になってしまった。

異国の地での夜。

今、私と加藤室長は二人きりなのだ。つい、意識してしまう。

「お腹、空きませんか？」

「え、はい。ちょっと空いちゃいました」

「もし疲れていなければ、デザートでも食べに行きませんか？」

まさか誘ってくれると思わなかったので驚いていると、加藤室長は早口になる。

「無理にとは言いません。せっかく海外に来たので、美味《おい》しいお店がないかと調べていたんですが……。この近くに朝までやっているデザートのお店があるらしくて。リーさんがおすすめしてくれたので、多分美味《おい》しいと思います」

加藤室長は、咳払いをして眼鏡をクイッと上げた。心なしか耳が赤い。

私が初めて海外に来るから、少しでも楽しめるように気を使ってくれているのだ。明日の朝も早いからゆっくり眠りたいだろうに、加藤室長って本当に優しくていい人だ。

「お気遣いいただき、ありがとうございます。せっかくだから行ってみたいです」

「では、行きましょう」

二人で外に出て、リーさんが教えてくれたというお店に向かうと、店内は若者で賑《にぎ》わっていた。そんなに広くないお店だけれど、ポップな雰囲気でとても可愛らしい。

「なかなか日本にはない感じなので、楽しいです」

「よかった。なんでも好きなものを食べてください。ご馳走《ちそう》します」

「本当ですか？　私、大食いなのでたくさん食べちゃいますよ？」

ふざけていると、加藤室長は楽しそうに笑った。

……なんかちょっといい感じなのでは？

いや、でも勘違いしてはいけない。加藤室長には婚約者がいるのだ。

「どれにしましょうか？」

「店員さんに、おすすめを聞いてもらってもいいですか？」

彼は頷くと、流暢《りゅうちょう》な中国語で店員に質問した。

しばらくして運ばれてきたのは、マンゴーがたっぷり乗ったパフェだった。加藤室長は杏仁豆腐を注文したようだ。

「わぁ、とっても美味《おい》しそうです」

「中国の若者の間で流行《はや》っているそうですよ」

「へぇ！　いただきます」

遠慮せずにパクパク食べていると、ふと彼に見つめられていることに気がついた。

「す、すみません。ついつい夢中で食べてしまいました……」

「食べている時の星園さんは、とても幸せそうですね。見ているこちらも幸せな気持ちになります」

恥ずかしくなって頬が熱くなる。

加藤室長の婚約者は大手企業の社長令嬢だという噂だから、こんな食べ方はしないだろう。

急に切ない気持ちになって、スプーンを置くと、不思議そうな視線を向けられる。

「どうかしましたか？　もうお腹がいっぱいですか？」

「あ、いいえ」

結婚するのか聞きたい。でも、のど元まで出かかっているのに言えない。

せめて、好きだという気持ちだけでも伝えたいけれど、どうしても勇気が出ない。

私は一度、加藤室長を騙《だま》してしまっている。そんな相手から好きだと言われても、困るだろう。

私は、気を取り直し、楽しい話題を振った。加藤室長もリラックスした様子で、穏やかな表情をしている。

デザートを食べて外に出ると、少し肌寒かった。

「素敵なお店に連れて行ってくださり、本当にありがとうございました。楽しかったです」

「いえ。こちらも何か食べたいなと思っていたので、付き合わせてしまって申し訳ない」

ゆっくりと歩きながら、このまま離れたくないと考えてしまう。

「婚約者って、どんな方なんですか？」

そのことばかり考えていて、つい口に出てしまった。慌てていると、加藤室長が立ち止まる。

「婚約者？　誰のですか？」

厳しい口調だったので、私は声を震わせて尋ねた。

「加藤室長のです。大手企業の社長令嬢さんとお見合いされたという噂を聞きました」

おそるおそる顔を見ると、先ほどまで穏やかだった彼の顔が、不機嫌に歪《ゆが》んでいる。

プライベートのことを聞かれて、腹が立ったのだろうか。私なんかに聞かれたくないことだったかな。

「お見合いしたことは確かですが、彼女は婚約者ではありません。父が勝手に縁談を進めようとしただけです。結婚しろとうるさくて……。この歳で恋人の一人もいない息子を心配な気持ちもわかりますけどね」

「そ、そうだったんですね」

「前にも言いましたね。星園さんは、少し落ち着いて物事を見なければいけません。噂は噂ですから」

加藤室長が突然上司モードに切り替わり、私のことを叱《しか》る。また私の勘違いだったのかと反省して、頭を深く下げた。

「申し訳ありません。どんな人と結婚されるのか、どうしても気になってしまって……。余計なことを聞いてしまいました」

加藤室長は何か言いたそうな表情だったけれど、結局何も言ってくれなかった。

それから私と加藤室長は、無言のままホテルに戻り、お互いの部屋に帰ったのだった。

加藤 side

中国での仕事が終わり、帰りの飛行機に乗っていた。

隣には昨日の夜にデザートを食べた時から、元気がない鈴奈が座っている。一点を見つめたままぼんやりしていて心配になるが、あまり構い過ぎたら嫌われてしまう。気がつかないふりをして、パソコンを眺めていた。

『婚約者って、どんな方なんですか？』

無邪気な顔で聞かれた俺は、かなりダメージを受けていた。自分のことを男として意識してくれていないのだと、思い知らされたからだ。

恋人のような関係だったのは、過去のこと。

しかも彼女に恋心があったのではなく、俺を陥《おとしい》れる目的だった。

あれから二人でいると、もしかして彼女は自分に気があるのかもしれないと思うことが何度もあったが、どうやら違うらしい。

好きな男に対して、あんな無邪気な様子で『婚約者はどんな人か』なんて聞かないだろう。

彼女は完全に俺との関係を、上司と部下ということで割り切っている。

俺は騙《だま》されていたのだ。……それなのにどうして、鈴奈にこだわってしまうのだろう。

絶対部下には手を出さないと決めていたのに、あっという間に心が奪われてしまった。

初めて会社で会った時から、俺は彼女を意識していた。

痴漢《ちかん》から助けた女の子ということで、何かしら運命を感じていたのかもしれない。しかし、彼女からは大嫌いと言われている。

正確には『女の人を弄《もてあそ》ぶ人は大嫌いです』だったが……

だから自分と接していた時は、常に憎しみを感じていたということになる。

あんなに可愛らしい顔でそばにいてくれたのに、女というのは何を考えているのかわからない。

彼女に優しくしたって、鬱陶《うっとう》しいと思われるだけなのだが、ついつい大切に扱いたくなる。

鈴奈の喜ぶ顔が見たくなってしまうのだ。

完全に惚《ほ》れた俺の負けである。

どうにかして振り向いてもらいたい。ただ、性急に迫るのはよくないだろう。

……あぁ、また俺のことを見ている。

視線を感じるが、なるべく表情を崩さないようにパソコンを眺めていた。

今気がついたふりをしてそちらを見ると、ウルウルとした大きな瞳が、俺のことをとらえていた。

上司に嫌われたらどうしようとか、そういう気持ちなのか？

そんなに可愛い顔をしていたら、今すぐ押し倒したくなってしまう。

俺がどんな思いで我慢しているのか、わかっているのか？　アンケート集計をしていた時も、あのままベッドに組み敷いてしまいたかった。

空の上とか関係ない。どこでもいいから、もう……って俺は一体何を考えているんだ。

自分を見失っていく。恋というのは恐ろしい。

「どうかしましたか？」

心の中の荒っぽい自分を押し殺して、丁寧な口調で声をかけると、彼女ははっとして頬を赤らめる。

「ずっとお仕事されているようなので、少しは休んでほしいなと思いまして。帰ってからも会議があるんですし、疲れてしまいますよ？」

またそうやって、胸をくすぐることを言う。

狙ってやっているのか？……いや、これは彼女の生まれ持った性質なのだろう。

ああ、自分のものにできないのが辛い。

「ありがとう。気を使わせてしまって、申し訳ないですね」

冷静な雰囲気を壊さないよう返事をした。

チェックしなければいけないファイルは多数あるのだが、隣に鈴奈がいると思うと落ち着かないのだ。

俺がそんなことを考えていると知ったら、彼女は格好悪いと思うだろう。いい大人が情けない。

「加藤室長、昨日は申し訳ありませんでした」

「もういいですよ」

本当に申し訳なさそうに謝ってくるので、怒りの気持ちなんて湧かない。

初めから怒っていないけれど、婚約者のことを平気で聞くんだなと思っただけだ。ところが鈴奈は、デリカシーのないことを聞いてしまったとかなり落ち込んでいるらしく、俯《うつむ》いてしまう。

引き寄せられるように俺の手が伸びて、気づけば彼女の頭を撫《な》でていた。

彼女は、びっくりした様子で頭を上げる。

そんなに驚かなくてもいいだろ。仮にも何度か寝た仲なのだ。

自分の気持ちが抑えきれなくなりそうで怖い。

どんなに好きになっても、彼女は自分のことを受け入れてはくれないだろう。けれど、いつか爆発してしまいそうだ。

頼むからこれ以上、俺を惑わせないでくれ。

「気遣い、ありがとうございます」

「……加藤室長」

顔が真っ赤になっているが、逃げられなくて困惑しているだけかもしれない。

鈴奈の頭から手を離して、パソコンに目を戻す。彼女に触れた手の平が妙に温かい。

本当は、もっと彼女に触れていたい。

十歳近く年下の女性を、こんなにも好きになるなんて想像すらしていなかった。

彼女が近くにいてくれるのなら、俺は彼女を抱けなくてもいい。いや、できるならそりゃしたいが。そう思ってしまうくらい、鈴奈のことが好きでどうしようもない。

……これって、純愛か？

自問自答していると、鈴奈がこちらを見上げて、ぽつりと言う。

「スイーツ、美味《おい》しかったですね」

「ええ」

「忙しい中連れて行ってくださり、本当にありがとうございました」

「いいえ、僕も気分転換になったので」

「加藤室長って、いい人です。すごく……優しくて……」

体の芯から温かいものが湧き上がってくる。

これが恋……なのか。

ずっと仕事一筋できたから、一人の女性を真剣に愛したことなんてなかった。付き合った女性はいたが、どうしても仕事が優先になってしまい、うまくいかなかったのだ。

鈴奈は俺の仕事のことも、わかってくれている。

もし彼女と恋人になることができたら、きっと一番の理解者になってくれるのに。

叶わない恋心を押し殺しながら、俺は微笑み返した。

第八章　加藤室長の領土で

加藤室長は相変わらず仕事が忙しいようで、部署を出たり入ったりしている。中国出張を終えて、早一週間が過ぎていた。

夏に向けて新プロジェクトがあるらしく、私も経営管理チームのアシスタントとして、てんやわんやな日々を送っている。

夜の八時になり部署を出た私は、くたびれてしまい、休憩室に寄っていくことにした。

甘いドリンクを買ってから帰ろう。糖分を補給しないと、脳みそがうまく働かない。

お腹も空いたなぁ。何か食べて帰ろうかな。

休憩室に行くと、涼子が魂の抜けた顔で椅子に座っていた。

「鈴奈、お疲れ」

「なんかすごく疲れているみたいだけど、大丈夫？」

「今日はすごく大変な営業先で。魂吸い取られた感じ」

「お疲れ様」

ホットココアを購入して、涼子の目の前に腰を下ろした。

「それより正人事件、大丈夫だった？」

同郷のため、私が話さなくても、他から情報が入ってくるらしい。私は苦笑を浮かべて頷いた。

「まぁ、大丈夫かな」

「同じ会社にいるってことを、エリコに話したからわかっちゃったのかもね。……ごめんね」

「涼子は悪くないから気にしないで」

常識外れなことをする正人がおかしいのだ。

「そういえば、加藤室長と二人きりで中国出張に行ったんでしょ？　進展はあった？」

恋愛の話になると、途端に涼子が息を吹き返して元気になる。

「何もないよ」

帰りの飛行機で、ちょっと頭を撫《な》でてくれた。どういうつもりで撫《な》でてくれたのかわからないけれど、私はキュンキュンしすぎて死んでしまいそうになった。

「やっぱり婚約をしたっていう噂は本当なのかな？」

「お見合いはしたみたいだけど、婚約はしてないみたい」

私の言葉に、涼子が目をキラキラと輝かせる。

「それならチャンスがあるじゃない！　何をぼんやりとしているの！」

「えっ？」

「婚約していたら勝負するのは難しいかもしれないけれど、今はフリーってことじゃない？　好きなら好きって、ちゃんと伝えたほうがいいと思う！」

そう涼子は力説するが、私は苦笑いするばかり。

「そんなこと言ったって、事情が事情だから」

「確かに勘違いしたけど、でも好きな気持ちは本物なんだから！」

「……うん」

遊助君も聡美ちゃんも背中を押してくれている。

私には三人も応援してくれる人がいるんだと思うと、少しだけ勇気が湧いてきた。

「今はプロジェクトですごく忙しいみたいだから、落ち着いたら……」

「それとこれは別だよ。もしもチャンスがあるなら、想いを伝えたほうがいい」

「……あまり負担をかけたくないの」

涼子は私の気持ちを理解してくれたみたいで、しぶしぶ頷く。

「そう……でも、私は鈴奈が幸せをつかむように祈っているから」

「ありがとう」

「これから親と食事なの。しばらく東京観光したいからって娘の家に泊まるってさ」

「そうなんだ。親孝行頑張ってね。じゃあ、お先に」

休憩室を出てエレベーターホールに向かって歩いていると、女子社員がバレンタインデーの話題で盛り上がっているのが耳に入った。

もうすぐバレンタインデーだということを、すっかり忘れていた。

義理チョコと言い張れば、迷惑にならないだろうか。いや、でも、義理でも私のチョコなんて迷惑かな……

モヤモヤと考えながら、オフィスを出て駅に向かった。

家に到着した私は、解錠《かいじょう》してドアを開け、玄関の明かりをつけた。

……いつもと様子が違う。

おそるおそる部屋の中に入ると、窓ガラスが割れていて鍵が開けられていた。

え……ど、どういうこと？

混乱しながら、部屋の中を見回す。タンスの引き出しが開けられていて、下着ばかりなくなっていた。

バスルームに干してあったブラジャーとショーツもない。もしかして、下着泥棒に入られたの？

恐怖心が湧き上がってきた私は、その場にへたり込んだ。

こういう場合、どうしたらいいのだろう。わからないけれど、まずは警察を呼ぶべきだ。

「一一〇でいいのかな……。あれ一一九だっけ」

頭の中が真っ白になっている。

指が震えてうまくスマホの操作ができない中、なんとか警察に電話をかけた。

すぐに部屋に来てくれることになり、不安を抱えつつ警察の到着を待つ。

十分後、チャイムが鳴りドアを開くと警察官が二名、立っていた。中に入ってもらい事情を説明する。

「家に入ったらこの状態だったんです」

「なるほど。最近誰かにつけられているとか、そんな感じはしませんでしたか？」

「特に変わったことはなかったんですが……」

「このあたりで下着泥棒が多発しています。関連しているかどうかわかりませんが……」

すると、再びチャイムが鳴る。玄関に行くと、遊助君と聡美ちゃんだった。

「なんか騒がしいなと思って。パトカーも来てたし、どうしたの？」

私は、強張《こわば》ってしまってうまく笑えない。

聡美ちゃんが心配そうに駆け寄ってきて、背中をさすってくれる。

「大丈夫ですか？」

「下着泥棒が入ったみたいで……」

「えぇっ!?」

聡美ちゃんが目を丸くして、叫んだ。

現場検証が終わり、何かあれば連絡すると約束をして警察官は帰って行った。

ぐちゃぐちゃになっている部屋の中で、呆然と座り込む。

見知らぬ人が入ったのだと思うと、恐ろしくて、とてもこの部屋で眠れる気がしない。四月になったら目標金額に到達する予定だから、もう少しで引っ越しできると思っていたけれど……。あと二ヶ月もここで過ごすなんて無理だ。

「知らない人のパンツがほしいなんて変態だな」

遊助君があぐらをかいて、嫌悪感をあらわに顔をしかめる。

「鈴奈さんの下着だから盗んだのかもしれないよ?」

「そうだとしたら余計に気持ち悪いな」

聡美ちゃんと遊助君の言葉に、私は深くため息をついた。

そういう気味の悪いこと、言わないで……。

この部屋で寝るのは無理だし、今日はホテルにでも泊まろうかな……。涼子はこれから親と会うって言っていたから、親子水入らずを邪魔しちゃ悪いし。

札幌から飛び出してきたので、東京にはほとんど友達がいない。

とても心細い。こういう時、そばにいてくれる彼氏がいたらよかったのに。

さすがに聡美ちゃんと遊助君には、これ以上心配をかけられない。私は平気なふりをして、笑顔を作った。

「二人ともありがとう。とりあえず部屋を片付けて今後のことを考えるから、自分の部屋に戻っていいよ。デートだったんでしょ？」

話していると、またチャイムが鳴った。

警察の人が戻ってきたのだろうか。

不思議に思いつつドアを開けると、そこに立っていたのは――加藤室長だった。

「大丈夫ですか？　下着泥棒が入ったと聞きましたので」

急いで駆けつけてくれたのか、髪の毛が少し崩れ、額にはうっすらと汗が滲《にじ》んでいる。

……どうして知っているのだろう？

困惑気味に遊助君を振り返ると、彼はにっこりと笑ってスマホを突き出した。彼が加藤室長に連絡してくれたのだ。

「兄貴が来たからもう安心だね。じゃあ俺たちは行こうか」

「うん」

遊助君と聡美ちゃんは、手を繋《つな》いで私の部屋を出て行く。

上司だからだろうけど、心配してきてくれた加藤室長の姿を見ると、心から安心する。

緊張が解けたのか、立ちくらみを起こした。

「危ない」

「……す、すみません」

咄嗟《とっさ》に加藤室長が私を支えてくれる。

まずは部屋を片付けなければいけないが、体がうまく動かない。体が震え、彼に支えてもらわなければ立っていられない。

加藤室長が、そんな私をきつく抱きしめた。

「怖かったですね」

「……はい」

深呼吸して気持ちを落ち着かせようとするが、やはり恐怖が心を支配する。

部屋の中は、静まり返っていた。

私の背中をポンポンと叩いてくれる加藤室長が、そっと口を開いた。

「このまま一人で、ここで過ごすわけにはいきませんね」

「今日はひとまずホテルにでも宿泊しようかと思います」

加藤室長に心配をかけたくなくて、俯《うつむ》きながら、泣きそうになっている顔を必死で隠す。

「……それでしたら、僕の家に来ませんか？」

思いもよらない言葉に、私は目を大きく見開いた。顔を上げて加藤室長を確認すると、彼は真剣な面持ちで、私を真っ直ぐに見つめている。

ありがたい提案に飛びついてしまいたい。しかし、上司である彼に、そこまで甘えてもいいのか躊躇《ちゅうちょ》してしまう。

「空《あ》いている部屋もあるので、あなたが落ち着くまで自由に使っていただいて構いません」

彼が、私のことを心配してくれているのが伝わる。はっきり言えば、ホテルで一人過ごすより、彼の存在を感じているほうが気が休まるのは確かだ。

「……本当に、いいのですか？」

「ええ」

私は加藤室長から離れて、頭を深く下げた。

「お願いします。なるべく早く新居を見つけるので、少しだけお世話になってもいいですか？」

「もちろんです」

「本当に、本当に、ありがとうございます」

加藤室長の心の広さに心から感謝する。ようやく気持ちが鎮まってきた私は、部屋の中を振り返った。

「ちょっと片付けてもいいですか？」

「手伝えることがあれば言ってください」

「ありがとうございます。こちらでくつろいでいてください」

座布団を差し出すと、加藤室長は遠慮がちに腰を下ろした。

まずはタンスの中に服を畳《たた》んで入れていく。

下着は見事にない。何組か購入しないといけないな。

そう思いながら、散乱している部屋を片付けていると……

『あっ、んっ——ぁっ——ぃぃ』

隣から甘い声が聞こえてきた。

最近は、ほとんど聞こえなかったのに……

気まずい気持ちになりながら加藤室長に目を向けると、彼は眼鏡をクイッと上げて咳払いをした。

「……なるほど、これですか」

「……はい。しばらく聞こえなかったのですが」

「この声を聞いて、あなたは僕がしていることだと思っていたのですね」

「……勘違いしてしまって。本当に申し訳ありません」

「もういいんです。それよりも疑いが晴れて本当によかった」

そう言って優しい微笑を浮かべる彼に、胸がキュンとする。

……好き。加藤室長のことが、大好きだ。募る想いを感じながら私は急いで部屋を整理した。

「お待たせしました」

必要なものを袋に詰めて立ち上がると、彼はさっとそれを持ってくれる。さりげない気遣いを感じて、性懲《しょうこ》りもなくときめいてしまう。

「さあ、行きましょう」

「はい」

部屋を出ると、加藤室長の車に乗って、彼の家に向かった。

ほどなくして加藤室長のマンションに到着し、リビングルームに通される。すごく久しぶりにここに来た気がした。実際はまだ一ヶ月くらいしか経っていないのに。

生姜《しょうが》焼きを作ってくれたことを思い出し、切なくなる。以前のように楽しく過ごすのは難しいのかもしれない。

加藤室長は、リビングから繋《つな》がっているドアの一つを開けた。

「こちらの部屋が空《あ》いているので、自由に使ってください」

「ありがとうございます」

「この家にあるものは、好きに使ってもらっても結構ですので」

「何から何までお世話になって、申し訳ありません」

「いいえ、上司ですから」

『上司』という言葉に、ぎゅっと胸が締めつけられる。

あぁ、私はまた、加藤室長に迷惑をかけてしまった。これ以上嫌われたくないのに、加藤室長の近くで過ごしたいと思う。

「……では、こちらの部屋をお借りします。おやすみなさい」

私は彼に小さく頭を下げて、部屋の中に入る。部屋には、ベッドと小さなタンスが置かれていた。安心した私はベッドに横になり、そのまま目を閉じた。

気がついた時には、空がぼんやり明るくなっていた。時計を見ると朝の四時半。

ベッドから体を起こすと、見慣れない部屋にいることを自覚して一瞬思考が止まる。

……そうだ。私、加藤室長の家に……

好きな人の家にいるのだと思うと、そわそわと落ち着かなくなる。

ベッドから抜け出してリビングに行くと、ソファーの上で加藤室長が眠っていた。テーブルの上には、ノートパソコンと書類が広がっている。

やることがたくさん残っているから、家に持ってきて続きをしていたのかもしれない。

昨夜は忙しい中、わざわざ私のピンチに駆けつけてくれたのだろう。

胸が熱くなって涙が込み上げる。ここで寝ていたら、風邪を引いてしまうかもしれない。

私が使わせてもらっていたタオルケットを持ってきて、そっとかけた。

眼鏡を外してテーブルに置くと綺麗な顔が目に入る。

……好き。

彼とキスがしたい。そんな衝動に駆られて、吸い寄せられるように彼に顔を近づける。

しかし、唇が触れる寸前で我に返った。

……何をやっているのだろう。寝込みを襲うなんて最低だ。

私は勢いよく彼から離れた。そして、キッチンに目を向ける。

お世話になっているのだから、朝食でも作らせてもらおうかな。

台所を使ってもいいか迷ったけれど、家にあるものは自由に使ってと言っていた。冷蔵庫を開けて材料を確認し、料理を始める。

対面式のキッチンなので、リビングの様子が見渡せた。

しばらくして、加藤室長がムクッと起き上がり眼鏡をかける。そして、寝ぼけ眼でこちらをじっと見つめた。

「おはようございます」

「……あぁ、おはようございます」

「台所をお借りしていました。もう少ししたら出来上がるので、もしよければ一緒に食べませんか？」

「ありがとうございます」

寝ぼけた様子の加藤室長が可愛らしい。

仕事では冷静で淡々とした感じだから、ギャップにキュンとしてしまう。

冷蔵庫にあった野菜を使って簡単に味噌汁と、卵焼き、大根と人参《にんじん》のきんぴら炒めを用意した。ご飯もちょうど炊きあがったようだ。

完成した料理を食器によそってテーブルに並べると、加藤室長は嬉しそうに頬を緩めた。

「いただきます」

「どうぞ」

向かい合ってテーブルに座り、食事を始める。

「こうして誰かに食事を作ってもらったのは、いつ以来でしょう」

「そうなんですか？」

「高校生の頃に母が病気で倒れてしまって」

「……入院されているっておっしゃっていましたよね」

「でも最近は体調がよくなっているんです。二年前に新薬ができて、それが効いているようで。もしかしたら近々退院できるかもしれない」

「それはよかったです。一日も早くご退院できるといいですね」

「ええ」

加藤室長のお母さんか……。こんなに素敵な人を産んでくれた人に、いつか会ってみたい。

私は味噌汁をすすりながら、はっと思い出したことを加藤室長に告げる。

「今週の土曜日、不動産屋に行ってきます」

「……そんなに焦らなくてもいいですよ」

「いつまでも甘えるわけにはいきませんので」

これ以上彼に迷惑をかけられない。決意を固める私を前に、加藤室長は微妙な表情を浮かべた。

「わかりました。何か力になれることがあれば言ってください」

「ありがとうございます」

食事を終えた私たちは、出勤準備を始めた。

加藤室長は昨日の今日なので、休んでもいいと言ってくれたけれど、仕事をしているほうが気が紛《まぎ》れる。

「それなら一緒に会社に行きましょう。もし、昨日の犯人に狙われては困ります」

「大丈夫です。多分私だから狙ったというわけではなくて、あの近所で下着泥棒が多発しているようなので」

「前向きに捉えるのはいいと思いますが、ちょっと心配ですね……」

「心配かけてすみません」

「いえ。では僕の車で一緒に行きましょう」

さすがに気が引けたが、断りきれず、結局車で送ってもらうことになった。

「……日曜日なら一緒に不動産屋に行けると思うんですが」

車内でぽつりと加藤室長がそう漏《も》らす。今週の土曜日は、加藤室長は大事な打ち合わせがあり、休日出勤をしなければならないらしい。

「いえ、そこまでお世話になるわけにはいきません」

「しかし、一人で出歩くのはしばらくやめたほうがいいと思いますよ」

運転しながら必死に説得する加藤室長。まるで父親みたいだ。

「一日も早く家を決めたいので、土曜日に行ってきます」

「頑《かたく》なですね」

加藤室長はわずかに眉根を寄せ、私をちらりと見る。でも、一日も早く出ていかなければ加藤室長に負担をかけてしまう。私も一歩も引かなかった。

「そこまで言うのなら……わかりました」

不承不承といった様子で頷く加藤室長に、私は苦笑を返す。

「心配していただいて、ありがとうございます。あ、それと、私だけ会社の近くで降ろしてくれませんか？」

「え？」

「加藤室長の車で送ってもらったなんて知れたら、大変なことになります」

「……そうですね。僕は構いませんが、星園さんにご迷惑をかけてしまう」

加藤室長はハンドルを握りながら、どこか寂しげに言った。どうしてそんなに悲しそうな顔をするのだろう。

私は不思議な気持ちで加藤室長を見つめるが、彼は何も言わない。

会社の近くで降ろしてもらい、職場に到着した。まだ誰も出勤していなくて、室内には私より先に来ていた加藤室長と二人きりだ。

いつも通りパソコンを起動させていると、板尾リーダーが入ってくる。

「おはよう、鈴奈ちゃん」

「おはようございます」

「今日もやることがいっぱいあるからよろしくね」

「了解しました」

板尾リーダーが出社してからほどなくして、他のみなさんも続々とやってきた。どんどん仕事が降ってきて、私は昨日の下着泥棒のことなど忘れ没頭《ぼっとう》するのだった。

昼休みになり、コンビニでサンドイッチを購入して戻ろうとした時、警察から連絡が入った。人目につかない柱の陰に隠れて、電話に出る。

『犯人が逮捕されました。やはり、あの周辺で下着泥棒を繰り返していたらしいです。ひとまずご安心ください』

「……っ！　そうですか。ありがとうございました」

犯人逮捕の連絡にほっとした。

部署に戻ってサンドイッチを食べていると、板尾リーダーも今日はコンビニ弁当らしく、自分の席で食事をしていた。

「鈴奈ちゃんさ、最近美人になったね」

「もう、冗談はやめてください！」

危うく口に入れようとしていたサンドイッチを取り落としそうになった。動揺する私に構わず近づいてきて、小声で聞いてくる。

「もしかして、彼氏ができたの？」

「まさか」

「なんだ。ついに、意中の人を落としたかと思ったよ」

残念ながらその推理は外れている。

私は板尾リーダーの言葉をスルーしながら、お昼ご飯を食べ続けた。

すると、加藤室長が外出先から戻り室長室へ入っていく。

下着泥棒が逮捕されたこと、言ったほうがいいかな……

プライベートのことなので報告するのは後にしようかと思ったけれど、気にかけてくれている彼には、一刻も早く伝えようと思い立ち上がった。

ノックして扉を開けると、加藤室長はコートをロッカーに入れているところだった。

「加藤室長、少しお時間よろしいですか？」

「どうぞ」

部屋に入り二人きりになると、彼は心配そうな目を向けてくる。

「どうかしましたか？　体調でも悪くなりましたか？」

「いえ、先ほど警察から連絡がありまして、犯人が逮捕されたそうです」

「っ！　それはよかった」

自分のことのように喜んでくれる加藤室長。目の奥が温かい。

「犯人が捕まったとはいえ、あの家に戻るのは不安だと思います。次の家が見つかるまでは、私の家でゆっくりしていてください」

実を言うと犯人が逮捕されても、一人になるのは怖かった。

「ありがとうございます。では、もう少しだけ居候《いそうろう》させていただきます」

「遠慮しないで甘えてください。あなたは頑張りすぎるところがあるから」

加藤室長の手の平がゆっくりと伸びてきて私の頬をそっと包み込む。熱っぽい視線が注がれ私は固まった。次の瞬間、彼ははっとして手を離した。

「失礼します」

「い、いえ。お忙しいところ引き止めて申し訳ありませんでした。失礼」

加藤室長らしくない行動に鼓動が跳ね上がる。

今のなんだったの？　全身に流れている血液が一気に沸騰《ふっとう》する。

私は顔に熱が集まるのを感じつつ、急いで室長室を出た。


土曜日の朝。目が覚めると、加藤室長はすでに仕事に向かっていた。

リビングのテーブルに、綺麗な字で書かれたメモとハムエッグトーストが置いてある。

『仕事に行ってきます。不動産屋には、気をつけて行ってきてください。簡単な朝食を作りましたので、もしよければ食べてください。誠一郎』

メモを手に、頬が勝手に緩む。両手を合わせて「いただきます」と言って、ありがたくトーストを口にした。

犯人が捕まった報せ《しら》を聞いてから、穏やかな気持ちで過ごしている。しかし、最近加藤室長と一緒にいると、勘違いしてしまいそうになるのだ。

髪の毛をさりげなく撫《な》でてきたり、頬を包み込まれたり。

優しい瞳を向けられることも増えた。昨日なんて、仕事帰りに美味《おい》しいケーキを買ってきてくれて、一緒に食べちゃった。好きが募って、どうしようもなくなる。

ずるずるとここにいてはいけない……

「よし、行ってこよう」

あっという間にトーストを食べ終えた私は、食器を洗って外出の支度《したく》をした。

新居はなるべく会社から通いやすい場所がいい。部屋が狭くてもいいから、とにかく音が漏《も》れないところというのが絶対条件だ。

会社近くの不動産屋に向かった。

店内に入ると、感じのいい店員さんが出迎えてくれる。すぐにカウンター席に案内され、若い男性社員が目の前に座った。

「本日は賃貸をお探しでしょうか？」

「はい。狭くてもいいんですけれど、なるべく安くて、ここの近くで、お隣の音があまり聞こえないところが……」

要望を言うと、社員さんが苦笑いをする。確かに、無理難題かもしれない。

「場所を少し離れたところにするか、お家賃をもう少し上げてもらうかですね」

「……ですよね」

「いくつか物件をピックアップしますので、お待ちくださいね」

何枚かプリントアウトしてもらった間取り図を見ながら、彼は諸々説明してくれた。

「一度見て決められたほうがいいかと思います」

一日も早く加藤室長の家から出ていかなければと焦るけれど、ここならという物件がない。

せっかくいくつか提案してくれたが決められず、プリントアウトした図面をもらって、今日は帰ることにした。

「他のお客様が契約する可能性もありますので、なるべく早めに決断なさったほうがいいかと思いますよ」

「わかりました。ありがとうございます」

お店を出て、私は大きなため息をついた。

今日中にある程度決めてしまいたかったのに、やっぱり無理だった。

住むところも結婚相手と同じで、運命とかあるのではなかろうか？

……いや、そんなことを考えている場合ではない。加藤室長に迷惑をかけるのは、最低限にしなきゃ。

駅に隣接している商業施設に入ると、店内はバレンタインデー一色だった。

加藤室長にチョコレートをプレゼントしようかな。

迷惑かもしれないけれど、いつもお世話になっているので、義理ならいいよね。

バレンタインデーの特設会場に向かうと、女性客でごった返していた。様々なブランドが趣向を凝《こ》らした商品が並び、思わず目移りしてしまう。

一つ一つ味見をさせてくれ、悩みに悩んでベルギーチョコに決めた。

駅に向かう途中、スーツ姿のサラリーマンが目に入り、浮かれている自分を戒《いまし》める。

今日は休みだというのに、加藤室長は働いているのだ。

帰ってきたらゆっくりしてもらいたい。そうだ、夜ご飯を作っておくことにしよう。

帰り道、買い物をして加藤室長のマンションに戻った私は、早速キッチンに立った。

今日のメニューは、クリームシチューとハンバーグ、それにポテトサラダだ。

少し子供っぽいメニューかなと考えながら、調理を進める。

玉ねぎをみじん切りにしてオリーブオイルでよく炒め、ひき肉、卵とパン粉と合わせて粘《ねば》り気が出てくるまで捏《こ》ねる。手で形を整え、熱したフライパンに入れた。ジュージューといい音がしてきたところで、蒸し焼きにする。

加藤室長が帰ってきたら一緒に夕食を取って、食べ終わったらチョコレートを渡そう。

その時、好きって……言ってもいい？　いや、やっぱり迷惑かな……。

私、いつまでこうやってウジウジしているのだろう。心の中で好きが募って、苦しい。

悶々《もんもん》と悩んでいると、リビングの扉が開く音がした。そちらを見ると、加藤室長が立っていた。火を消して加藤室長に駆け寄る。

「お帰りなさい」

「ただいま」

加藤室長は中指で眼鏡をクイッと上げると、台所に目を向けた。

「台所をお借りしました。夕食を作ったんです。もしよければ食べませんか？」

「ありがとうございます。いただこうかな」

「わかりました。すぐにご用意します」

加藤室長はスーツの上着を脱いで、ネクタイを緩めている。そんな彼を横目でちらっと盗み見ながらシチューを温めていると、加藤室長が近づいてきた。

「お手伝いしましょうか？」

「いえ、加藤室長はゆっくりしていてください」

「そんなにしてもらっていいのでしょうか？」

「加藤室長は一日働いてきたんですから、当然です。それに、居候《いそうろう》なのでこれくらいさせてください」

食卓に料理を並べて、グラスにアイスティーを注ぐ。

向かい合って座ると、ラフな雰囲気の加藤室長と目が合いドキッとする。

「どうぞ」

「いただきます」

加藤室長はまずクリームシチューを口に運んだ。本当に綺麗で品のある食べ方だ。

「本当に美味《うま》い。星園さん、美味《おい》しいです」

「子供っぽいメニューなので大丈夫かなって、心配していたんですが」

「男は子供っぽいメニューが好きだから」

少し照れながら言う加藤室長が、可愛くてたまらない。

「ところで、いい物件はありましたか？」

「今日は見つからなくって……また来週探そうかなと思っています。すみませんが、もう少し居候《いそうろう》させてもらってもいいですか？」

「もちろん。そんなに焦ることはないです」

加藤室長はきっと誰にでも優しいのだ。面倒見もいい。

食事を終えて食器を片付けると、加藤室長はソファーに腰かけていた。

チョコ……今渡してもいいかな？

「あ、あの」

「星園さん」

二人の声が被った。気まずい空気が流れて、お互いに遠慮してしまう。

「どうしましたか？」

「加藤室長から、どうぞ」

「……ありがとうございます。こちらに座ってください」

「は、はい」

改まってなんだろうと思いつつ、ソファーに並んで座る。この部屋で居候《いそうろう》を続けるにあたって、私に何か言いたいことがあるのかもしれない。

緊張して彼の言葉を待っていると、加藤室長がクッションの下から、手の平より少し大きめの四角い箱を取り出した。

「受け取っていただけますか？」

「……え？」

「あなたにプレゼントです」

「プレゼントって……え？」

私はきょとんとしながらその箱を受け取る。

「開けてみてください」

「……わかりました」

何が入っているのだろう。包装紙を丁寧に剥《は》がすと、ジュエリーボックスみたいな箱が出てくる。

ドキドキしながら蓋《ふた》を開けると、まるで宝石のような大きなチョコレートが入っていた。

「男性から女性にチョコレートを渡すのはおかしいかと思ったんですが、あなたはチョコレートが大好きだから。どうしても贈《おく》りたかったんです」

「あ、ありがとうございます！　綺麗で食べてしまうのがもったいないですね」

私のために選んでくれたことが、素直に嬉しかった。

「上司からこんなものもらっても、嬉しくないかもしれませんが……」

加藤室長は気恥ずかしそうに目をそらし、そう言った。

「いえ、とても嬉しいです！」

勢いよく言い放つと、加藤室長がうっすらと笑う。

「あなたはいい子だから」

こちらをじっと見つめる彼の表情が、真剣になる。

「以前オフィスで抱いた時、大きなプロジェクトが終わったら、話したいことがありますと言ったのを覚えていますか？」

うろ覚えだが、そんなことを言っていた気がする。私が小さく頷くと、加藤室長は深く息を吸い込んだ。

「まだプロジェクトは終わっていませんが……もう限界です。僕の気持ちを聞いてください」

普段とは違う彼の雰囲気に、私はごくっと息を呑んだ。

「実は、プロジェクトが終わったら正式に交際を申し込むつもりでした」

彼の告白に私は瞬《まばた》きをするのも忘れ、固まった。

「けれど、懲《こ》らしめるために自分に近づいたのだと知って、かなりダメージを受けました」

「ごめんなさい、本当に……ごめんなさい」

加藤室長の言葉に、涙がポロッとあふれた。

加藤室長の気持ちを踏みにじった自分に、怒りと情けなさが湧く。彼に申し訳なくて、次から次へと涙が頬を伝う。

そんな私に手を伸ばし、加藤室長はそっと親指で涙を拭ってくれる。

「泣かないでください。あなたの涙を見ていると辛くなります」

加藤室長と、前のように愛し合えたらと願ってしまう。好きで好きで、どうしようもない。

「鈴奈との関係をなかったことにしようと約束したのに、僕はあなたを忘れられませんでした。どうしても気持ちを消すことができなかった」

加藤室長は切なげで、それでいて熱を孕《はら》んだ瞳で私を射貫く。彼がそんなふうに思っていたなんて、知らなかった。呆然とする私に、加藤室長は続ける。

「どうか、僕の彼女になってもらえませんか？」

「……え？」

「僕では、ダメですか？」

……ダメなわけがない。

今まで経験したことのない歓喜で心がざわめく。熱い涙が一つ、ぽろりと零れ出た。

ここまで真剣に考えてくれる彼に、私も応えなくてはならない。ずっと自分の中で燻《くすぶ》ってきた思いを、今、彼に伝えよう。

膝の上で拳を握り、私は加藤室長を見つめた。

「私、元彼に浮気されてから、男性が信じられなくなってしまいました。だから、独りよがりな正義感で、加藤室長を懲《こ》らしめたいと思って近づきました」

絞《しぼ》り出すように紡ぐ言葉を、加藤室長は黙って聞いている。止まらない涙をそのままに、私は鼻を啜《すす》りながら続けた。

「浮気をいっぱいしている悪い人だと思っていたのに、一緒にいるうちに私は……加藤室長のことが好きになってしまいました」

加藤室長が目を見開いた。

「……すべてが私の勘違いだと知った後、加藤室長にこれ以上迷惑はかけられないと、思いを伝えることができませんでした。中国出張の時だって、本当はずっとドキドキして、おかしくなりそうで……」

「……そうでしたか」

そう呟く彼の声は、温かかった。

「私、加藤室長が好きなんです。好きで、好きすぎて、どうにかなりそうなほど。散々加藤室長を傷つけたのに……こんな私のことを好きだと言ってくれて、本当にありがとうございます。……ぜひ、お付き合いさせてください」

私はそう言って、勢いよく頭を下げた。心臓の音が耳の奥で響いている。

「ありがとう。顔を上げて」

加藤室長は私の肩に手を添えて、体を起こさせる。顔を上げると、至近距離で視線が絡み合った。

「鈴奈さん、あなたのことを一途に愛すると誓います」

彼は長い腕を伸ばし、私のことを優しく抱きしめた。

大好きな人と両思いになれるなんて信じられない。私は彼の胸に頬をすり寄せた。

「実は私も、チョコレートを渡して告白しようと思っていたんです」

「え、本当に？　同じことを考えていたのですね」

そう言って彼は頬にキスをして、唇を親指でなぞる。

いきなり積極的に触れてくる彼にドキドキしすぎて、そっと胸を押し返すと、彼はとても悲しそうな表情になる。

「イチャイチャするのは嫌ですか？」

「い、嫌ではありません。けど、緊張してしまって……」

「僕もですよ。でも、それよりもあなたを自分のものにできたのが嬉しくて。ずっと我慢していたんですから……」

　加藤室長は、自分の左胸の上に私の手を誘《いざな》った。彼の心臓は私と同じくらい早鐘を打っている。

「何を考えているのかわからないと人からよく言われるので、鈴奈さんに勘違いさせることもあるかもしれません。ですが、僕はあなたのことが愛おしくて仕方がないんです」

「は、はい」

　彼は熱に浮かされた目で私の頬を撫《な》でた。その手つきがあまりに甘美で、背筋がゾクッと震える。

「プロジェクトがある時は、どうしても仕事優先になってしまうかもしれませんが、僕が鈴奈さんを愛しているということは忘れないでください」

「わかりました」

「どんなことがあっても、鈴奈さんを離しません。愛してます」

「私も離れません」

　私と加藤室長は微笑み合うと、そっと口づけを交わした。

　それから私はシャワーを浴び、次に加藤室長がバスルームに向かう。彼はさっとシャワーを浴びると、キッチンに立っていた私を、後ろから覆《おお》い被さるように抱きしめた。

「捕獲」

「えっ？」

「……もう、我慢できません」

肩をつかまれて、彼と向き合う。

加藤室長は、腰にバスタオルを巻いただけの格好だった。あまりにセクシーで、目のやり場に困ってしまう。

私の頬を押さえて、彼は唇を重ね合わせた。加藤室長が、唇の弾力を味わうみたいに強弱をつけて押しつけてくる。

息をする暇もないくらい情熱的なキスに翻弄《ほんろう》され、一瞬で体が火照《ほて》りだす。呼吸しようと口を開いた瞬間、加藤室長の熱い舌が口腔《こうこう》に滑り込んできた。

歯茎を丹念に舐《な》められて、自然と声が漏《も》れる。

「んっ……」

こうしてキスするのは久しぶりだ。恥ずかしくなって後ずさるが、すぐに壁に背がついてしまい、あっという間に逃げ場を失った。

加藤室長はうっすらと微笑み、私の顎《あご》を持ち上げて唇を貪《むさぼ》り続ける。がっしりと顎《あご》を押さえられ、私が逃げることを許さない。私の舌を自分の舌とさらに深く絡めると、唾液《だえき》が私の口の端からつっとあふれ出た。

加藤室長は口づけを続けながら、私の胸を服の上からゆっくりと揉《も》みしだく。

「恥ずかしいです」

「すみません。でも、今すぐに鈴奈を抱きたい」

キスをしながら、加藤室長は指先で体のラインを確かめるように触れてくる。彼は唇を離すと、私の耳元で囁《ささや》いた。

「鈴奈、愛してるよ」

熱を含んだ彼の声は、私を奥から蕩《とろ》けさせる。胸の膨らみを揉《も》まれながら、首筋に吸いつかれると甘い電流が駆け抜けた。

「……んっ……あっ」

着ていたトップスを床に落とすと、キャミソール姿になる。再び柔らかな唇が、私の唇を食べるように覆《おお》い被さった。

「……んっ」

何度も口づけを交わした唇は、二人の唾液《だえき》で淫靡《いんび》に濡れている。キャミソールも脱がされると壁に向かって立たされた。背中に彼の舌が這《は》う。

「……あっ……んっ……」

首筋、肩甲骨、背骨……私の体の輪郭を確かめるみたいに舌が滑る。そのたびに、私の口から甲高い声が漏《も》れた。

ブラジャーのホックが外され、背後から胸を鷲掴《わしづか》みにされる。加藤室長の人差し指が私の胸の先端を弾《はじ》くと、体が跳ねた。

「あんっ……」

両方の胸の蕾《つぼみ》を人差し指で同時に転がされ、お腹の奥がずくずくと熱を持っていく。

「はぁ……んっ……ぁっ……」

胸だけで感じきってしまい、壁に手をついて立っているのがやっとの状態だ。もう無理と思った時、加藤室長が私の体を自分の方向に回転させた。

熱い視線で見つめられ、彼の顔を直視できない。

加藤室長は身をかがめ、顔を胸の先端にゆっくりと近づけた。長い舌が伸びてきて、硬くなった胸の蕾《つぼみ》をペロッと舐《な》める。

「ぁ……んっ……ああっ！」

チュウチュウと吸い上げられると、一際《ひときわ》高い声を上げてしまう。加藤室長は蕾《つぼみ》を口に含んだまま小さく笑い、執拗《しつよう》にそこを攻め立てた。

彼に吸われるたびに先端はさらに硬くなり、痛いくらい気持ちいい。

片方の胸を舌で転がしながら、もう片方の胸は人差し指と親指でつまんで、拗《ねじ》る。立っていられなくなった私は、そのまま床に座り込んでしまった。

加藤室長はそれでも攻めるのをやめてくれなくて、ねっとりとした愛撫《あいぶ》を続ける。

胸を嬲《なぶ》りながらスカートの中に手を入れ、ストッキングの上から太ももをゆっくりと撫《な》でる。体が小さく震え、中心からとろりと何かがあふれ出る。

ゆっくりと顔を上げると、加藤室長が陶然《とうぜん》とした様子で私を見下ろしていた。

「ああ、相変わらず、可愛いですね……」

甘い声で囁《ささや》いた彼は、私を横抱きにして立ち上がり、寝室へと運んでいく。

「鈴奈、たっぷりと愛《め》でてあげますから」

寝室に入り、大きなベッドの上に寝かされ、スカートを下ろされた。もう私の体を隠すものは、小さなショーツ一枚のみだ。

私の背中に大きめのクッションを置いて、上半身を起こした状態にすると、大きく脚を開かれる。

「いやっ、恥ずかしい……ですっ」

「今更、恥ずかしがることはありません」

そう言って加藤室長は恍惚《こうこつ》とした笑みを見せると、ショーツの上から割れ目に沿って指を這《は》わせた。胸の蕾《つぼみ》を口に含みながら、人差し指で敏感な粒をグリグリと刺激してくる。あまりの快感で腰が勝手に浮いた。

「はぁ……ん、ひゃっ……いやぁっっ」

とてつもなく淫《みだ》らな光景に、私は顔を背《そむ》け目を瞑《つむ》る。

「ちゃんと目を開けて。あなたが僕に愛されているところを、ちゃんと見てください」

「……恥ずかしくて、そんなの無理です」

加藤室長の淫《みだ》らな指が止まったかと思うと、私の背中にあるクッションを取り除いた。

そして、体を滑らせて、私を後ろから抱きしめるような格好になる。

私の肩に唇を押し当ててキスをしながら、胸の先端をつまんだ。

「鈴奈は恥ずかしがり屋ですね。こんなに気持ちよさそうなのに……。本当はこういうことが、好きなんでしょう？」

真っ赤になっているだろう顔の私を見て、彼は楽しんでいる。加藤室長って、エッチの時はちょっぴり意地悪になるのだ。

首筋に吸いつきながら、片方の手で胸をゆっくりと円を描くように揉《も》み、もう片方の手はショーツの中に入り込む。

すでに私の下着の中は蜜が滴《したた》り、ぐちょぐちょだ。

彼の愛撫《あいぶ》でこんなにも濡らしていると思われたら、なんだか悔しい。たっぷりと蜜をまとわせた中指が、敏感な粒を直《じか》に刺激する。

ねっとりと動かされ、気持ちいい以外何も考えられなくなる。

「はぁ……んっ……」

「気持ちいいでしょう？」

「……あ、……そんなに触らないで、くださいっ。……ぁッ、ああっ！」

「どうして？　鈴奈は嘘つきだ。本当はもっとしてほしいくせに」

耳元で囁《ささや》かれ、耳朶《じだ》を熱い舌でなぶられる。頭の中が加藤室長でいっぱいになっていく。

彼は花芯を何度も手で擦《こす》り上げる。そのたびに、くちゅくちゅと濡れた音が室内に響き渡り、私は羞恥《しゅうち》でおかしくなりそうだった。

「こんなにして……いけない子ですね」

「……っ」

「綺麗にしてあげないといけませんね」

私を寝かせると、彼は脚の間に体を動かし秘所に顔を近づけた。何をされるのか予想がついて、体がかっと熱くなる。

「待ってください」

茂《しげ》みを掻《か》き分けて脚の間から射貫くように見つめられると、それだけで私の中心から蜜が滴《したた》り落ちる。脚を閉じようとしても、手で押さえつけられているので不可能だ。

ねっとりと花びらを舐《な》められると体中が熱くてたまらなくなり、しっとりと汗をかいていく。

「んっ……っ、はぁんっ……いやぁあっ……」

上から下へとまんべんなく舌を動かされ、体が蕩《とろ》けそうだ。

音を立てて蜜を吸われ、たまらない快感が全身を支配する。蜜口に舌が入れられ、そのまま顔を動かして抜き挿《さ》しされた。

息を弾《はず》ませ涙を浮かべる私を見て、加藤室長は満足げに微笑んだ。

「イッてしまいそうですか?」

「……は、はいっ」

「そうですか。では舌ではなく、僕ので達してもらわないといけませんね」

加藤室長が体を近づけて頭を撫《な》でると、熱っぽい視線を向けてくる。

「鈴奈。僕は、あなたのことを永遠に大切にします」

「……加藤室長」

彼は一瞬離れると、素早く避妊具を着けて、私の脚の間に再び体を割り入れた。

熱塊を擦《こす》りつけられ、蜜口がそれを欲するようにひくつく。クチュクチュと卑猥《ひわい》な音を立てながら、屹立《きつりつ》がゆっくりと中に入ってきた。

加藤室長は私の様子を窺《うかが》いながら、内側のいいところを刺激して、時間をかけて進めてくれる。

熱塊がすべて私の中に入ると、バラバラになっていたパズルのピースがピタリとハマったような、なんとも言えない充足感が湧き上がった。

加藤室長は私の背中に手を回して唇を重ね、深く舌を絡ませた。そしてゆっくりと腰を動かし始める。

「はぁ……んっ……ぁ」

「鈴奈……」

加藤室長は指を絡ませ、もどかしいほどのスピードで抽送を繰り返す。そのたびに私の体からは、とろとろと蜜があふれてきた。

じっくりと、ゆっくりと、膣内に刻みつけるように腰を動かされると、快楽に溺《おぼ》れ切った声が勝手に出る。

「ん……あっ……っ……そこ、すごく……あぁっ……」

「ここ？」

「ああっ！　ん、あっああ、いいっ」

「どうしてほしい？」

耳元に唇を寄せて甘い声で質問され、さらなる快楽を求めて自然と腰が揺れる。とろんとした目で彼を見ると、好きな気持ちが一気に膨れ上がっていく。

「鈴奈、言ってごらん。好きなようにしてあげるから」

「……ぁあ、んっ、もっと……突かれたいです」

「淫《みだ》らですね」

加藤室長は嬉しそうに言って、そっと頭を撫《な》でてくれた。

気がつけば、私は加藤室長の背中に手を回していた。ぴったりと肌が触れ合っていて、本当に一つになった錯覚《さっかく》に陥《おちい》る。

「……あっいい、……んっああ！　はぁんっ……加藤室長、あっんっ、あっ」

徐々に腰の動きが速くなっていく。加藤室長の熱塊が、私の中で膨張した気がした。

「――っく！　そんなに締めつけないでください、鈴奈……」

「ああっ、わからない、ですっ。んぁっ」

快楽が全身を支配して、余裕なんてもうない。

加藤室長は奪うようなキスをすると、容赦なく激しく突き始めた。

「あっ、あっ……んっ……そんな、激し、いっ……は、イッちゃ、あんっ」

加藤室長は上半身を起こして、私の腰の横に手をついた。もっと深いところを何度も何度も穿《うが》つ。

自分の中が溶けてしまいそうなほど、熱い。

「……好き……加藤、室長……あっ、んんっ！　好きっ」

あふれ出る思いを加藤室長にぶつける。彼は目を細めて、優しく口づけた。

そして、ベッドが壊れてしまうのではないかと思うほど、強く、強く腰を打ちつけてくる。二人の肌がぶつかる音と水音が、静かな寝室に響いた。

「あっ……んっ……もう、イッちゃうっ」

「いいですよ」

ガンガンと腰を動かして、感じやすい箇所を執拗《しつよう》に突き上げられる。腰が浮き、体が弓のようにのけ反った。

「いやっ、あっ……！」

次の瞬間、頭の中がパチンと弾《はじ》けて、ビクッと全身が跳ねた。

「はぁ、はぁ……はぁ……」

肩を大きく動かして呼吸をする。達してしまった私は、体を弛緩《しかん》させる。うっすらと目を開けると、加藤室長はまだまだ余裕といった感じで涼しい表情をしていた。私が落ち着くのを待つと、背中に手を回して体を密着させる。

「もう少し……続けてもいいですか？」

甘い吐息混じりの艶《つや》っぽい声だった。ついばむようなキスをして、口の中に舌が入り込んでくる。

汗ばんだ肌が触れ合い、私の中に残っていた彼が、再びゆっくりと突き上げる。

「一度達してからのほうが、気持ちいいらしいです」

「……はぁ、い……んんっ」

「あぁ、その表情……たまりませんね。もっといじめたくなる」

私のことをきつく抱きしめながら、加藤室長は腰を動かす。

ぬちゅぬちゅと聞こえてくる卑猥《ひわい》な音が恥ずかしい。

ズンズンと突かれ、加藤室長の首に手を回しながら、彼を受け止める。

「んっ……あっ……んっ、ああっ」

「……鈴奈」

私の名前を呼ぶ声がとても甘い。

好きで、好きでどうしようもない。

一つになっているこの時間が、たまらなく幸せだ。

角度を変えて何度も打ちつけられ、また達してしまいそうになる。

「あぁぁんっ……あっ」

そのまま腰を動かしていると、加藤室長の呼吸が乱れ、彼も絶頂を迎えそうになっていた。

「ああ、鈴奈っ」

「あっ……ん、好き、好きっ、あああっ！」

壊れそうなほど強く突かれ、頭の中が真っ白になった。中にいる彼自身をぎゅうぎゅうと扱《しご》くと、加藤室長は私の中で爆《は》ぜた。

加藤室長は自身を私の中からずるりと引き抜き、私の髪に手を差し込んでキスをする。

「鈴奈」

その声がどこまでも甘やかで、身も心も蕩《とろ》けそうだ。

「鈴奈、好きです。愛しています」

ストレートに愛の言葉を伝えてくれるのが、素直に嬉しい。そのまま、見つめ合ってキスをした。

その夜、私たちはいつ果てぬとも知らぬ甘美な夜を過ごしたのだった。

第九章　正座で？

涼子とランチ中に、スマホにメッセージが届いた。

確認したら加藤室長からだった。

『今日も仕事が遅くなるから、夕食は先に済ませていてください』

『お疲れ様です。了解しました。家で待っているので、気をつけて帰ってきてね』

三月になったが、私はまだ家を見つけられず、加藤室長と一緒に住んでいた。私が不動産屋に行こうとすると、なんだかんだ理由をつけて阻《はば》まれてしまう。

スマホを胸に抱きしめると、涼子がニコニコしながらこちらを見ていた。

「彼氏様からメッセージが届いたの？」

「……べ、べつに」

恥ずかしくなって、慌ててスマホをバッグの中にしまった。

プロジェクトが佳境に入っている加藤室長は、土曜日も日曜日も家で仕事をしている。なかなかデートに連れて行けなくて申し訳ないと謝ってくれるが、そばにいられるだけで充分幸せだ。

涼子と私が同級生だったことを伝えると、加藤室長は驚いていた。彼女が求人を募集していることを教えてくれたおかげで入社でき、加藤室長に出会えたのだ。

その上で、涼子には交際していることを言ってもいいかと許可を得て、彼女に伝えた。

私の話を聞いて、涼子はかなり喜んでくれた。

涼子は、私の顔を見ながらぼやいた。

「今まで仕事が大変で、恋愛なんてする余裕がなかったけど、鈴奈の幸せそうな顔を見ていると羨《うらや》ましくなってくる。私も恋人がほしいなぁ。誰か紹介してよ」

「同じチームの独身といえば板尾リーダーだけど……。経営企画室全体なら、独身は多いみたい。でも、紹介できるほど知らないし……」

「板尾リーダーねぇ」

涼子と板尾リーダーが、お付き合いしているところを想像する。

……あれ、意外にお似合いかもしれない。

二人とも明るい性格だし、コミュニケーション能力が高い。

「まあ、それはおいといて。加藤室長と付き合えて本当によかったね」

「でも、彼に釣り合う女性にならなきゃいけないって思うと、ちょっとプレッシャーがあるけどね……」

まだまだ付き合い始めたばかりだから、将来はどうなるかわからない。

加藤室長は御曹司だから、私のような平凡な女と結婚することになったら、果たして彼の家族が認めてくれるのかと不安になる。

それにしても、加藤室長、今日も遅いのかぁ……

三月いっぱいでプロジェクトが完結する。それまで頑張る加藤室長を支えなくちゃ。

ランチを終えて自分の部署に戻ると、加藤室長が室長室から出てきた。

「お帰りなさい。星園さん、共有フォルダに新しいデータを入れておいたので、更新しておいてください」

「承知いたしました」

加藤室長は、いつものようにクールな口調で話しかけてくる。

彼は仕事とプライベートを完全に分けているので、周りのメンバーは、私たちが交際を始めたことに全く気がついていないみたい。

自分の席に座ってパソコンを起動させると、板尾リーダーが近づいてきた。

「鈴奈ちゃん、それ終わったらこっちの仕事も手伝ってくれる？」

「わかりました。一時間ほどお時間をいただければ終わると思います」

「了解」

板尾リーダーはそう言って、人好きのする笑みを浮かべた。

うーん、本当に涼子に紹介しちゃおうかなぁ。

私はパソコン画面に目を戻し、作業に集中した。

仕事を終えた私は、一足早く加藤室長の家に戻って、夕食の準備をする。

今日のメニューは、肉じゃがと、塩サバ、サラダ、豆腐とわかめの味噌汁だ。

遅く帰ってくることが多いので、最近は翌日胃がもたれないように和食を中心に作っていた。

私も働いているから無理して作ることはないと言ってくれるが、夕食を用意しておかないと加藤室長は仕事に集中して、そのまま食べないで朝を迎えることがある。

なるべく栄養を摂って元気に過ごしてほしい。

食事の支度《したく》を終えてから入浴を済ませて、リビングに戻ってくると、時計は二十三時を回ったところだった。まだ加藤室長は帰宅していない。

帰ってきたら少しでもゆっくりしてくれればいいけれど、加藤室長はきっとほとんど眠らずに仕事をするのだろう。

心配だなとソファーの上でクッションを抱きしめていると、リビングの扉が開いた。

加藤室長が帰ってきたので、私は立ち上がって鞄《かばん》を受け取りに行く。

「お帰りなさい」

「ただいま」

彼の長い腕が伸びて、私のことをぎゅっと抱きしめた。

加藤室長が満足するまで、私は大人しく彼の腕の中に収まっていた。

「会いたかったです」

見上げると加藤室長は優しい笑みを浮かべていて、唇に軽くキスをしてくれた。

「ご飯もできていますし、お風呂も沸いてますよ」

「ありがとう。じゃあ先に食事をいただこうかな」

「わかりました」

彼が部屋着に着替えている間に、私は急いで食事の準備をする。

食卓に着いた加藤室長は、こめかみの辺りを指で押さえていた。

相当疲れが溜まっているのだと、心配になってしまう。向かい合って座ると、私は加藤室長に話しかけた。

「大丈夫ですか？」

「いいところまできたから、あともう少しです。うん、今日の食事もとても美味《おい》しい。鈴奈が家で待っていてくれるから、かなり頑張ることができています」

大変な時なのに、いつも気遣うことを言ってくれる。

「……提案ですけど、そろそろ同居を始めませんか？」

「え？」

「新しい家が見つかるまでここに住むという条件でしたが、今契約している家を解約してここに住んでほしいんです。鈴奈はどうですか？」

真っ直ぐ見つめられ、頬が熱くなる。

まさか同居しようなんて言ってくれると思わなかったので、素直に嬉しい。

「……迷惑ではありませんか？」

「鈴奈が近くにいてくれると思うだけで、エネルギーが湧いてくるんです。なのでこれは僕の我がままです」

食事を終えると、加藤室長はバスルームへと消えていく。その間に私は食器を片付けながら考えていた。

同居……今もほとんど変わらない生活をしているけれど、憧れる。

でも、一緒に過ごしていたら結婚したいと思うかもしれない。元々、結婚願望は強いほうだ。

交際する相手とは、将来のことを考えてしまう。凡人の私が、加藤室長のようなすごい人と結婚を望んでもいいのかな。

食器を片付け終えると、加藤室長がバスルームから戻ってきた。

風呂上がりの濡れた髪がセクシーで、心臓の鼓動がうるさい。

加藤室長は誠実で、優しくて、でも時々意地悪で……彼のすべてが好きだ。この人とずっと一緒に生きたいと願ってしまう。

じっと彼を見つめていると、加藤室長が後ろから抱きしめてきた。

「もう少し仕事をするから、先に眠っていてください」

「……はい」

恋人になってからは、いつも加藤室長の寝室で一緒に眠っている。

最近は仕事が忙しいので同時に眠る機会が少ないし、抱き合う機会も減っていて少し寂しい。

「……こうして抱きしめていると、したくなりますね」

率直に言われると、恥ずかしくて固まってしまう。

私は振り返って自分の気持ちをしっかりと伝えた。

「あの……お言葉に甘えて、一緒に住まわせていただこうと思います。でも、出て行ってほしいと思ったら、遠慮なく言ってくださいね」

「出て行ってほしいなんて思うはずないです。永遠に一緒にいてほしいくらいだ」

彼は柔らかな笑みを浮かべつつ顔を近づけてきて、唇を包み込むようなキスをした。

唇が離れると、頭をポンポンと撫《な》でられる。

「解約手続きは一人でできますか？」

「はい」

「必要な荷物を持ってきて、いらないものは処分してしまいましょう」

「わかりました。次の土曜日に整理してきます」

「一人で大丈夫ですか？」

「大丈夫です」

私がにっこりと笑って頷くと、加藤室長も頷いてくれた。

土曜日になり、加藤室長はリビングで書類を広げて仕事をしていた。

私は邪魔しないようにゲストルームに入り、解約手続きの電話をした。

ほとんどの荷物を持ってきたけれど、まだ使えるものがあるかもしれないから取りに行ってこよう。

着替えを済ませてリビングに行くと、加藤室長がパソコンから私に視線を移した。

「荷物を持ってこようかと思います」

「車を出しましょうか？」

「いえ、お仕事がお忙しいと思うので」

「すみません。……鈴奈、おいで」

加藤室長が両手を広げる。

恥ずかしいが、加藤室長の胸の中に飛び込んだ。

加藤室長の上に向かい合って座る形になる。

彼は私の背中をさすりながら、穏やかな声で話しかけた。

「今は忙しいけれど、四月に入れば少し落ち着くと思うので、デートしましょう」

「楽しみにしています」

「一緒にテニスもしたいし、温泉にも行きたいですね」

「はいっ」

想像するだけでワクワクする。

にっこりと頬を緩ませる私の後頭部に手を添えて、彼は深いキスをした。せっかく口紅を塗ったのに取れてしまう。

「朝から濃密すぎます……」

「そうですか？」

このまま最後までしてしまうのではないかと感じるくらい、甘い空気が流れている。

「プロジェクトが落ち着いたら、母の病院に一緒にお見舞いに行ってもらえますか？」

「もちろんです。加藤室長のお母様にご挨拶したいと思っていたんです」

一般庶民の私が受け入れてもらえるか心配だ。でも、加藤室長を愛する気持ちは誰にも負けないので、それだけはちゃんと伝えたい。

「母も喜ぶと思います。では、気をつけて行ってきてください」

久しぶりに自分の部屋に入ると、下着泥棒に入られた記憶が蘇《よみがえ》りゾッと寒気がする。やはりここに長くいることは無理だ。使えそうなものを袋に詰めて、足早に外に出た。

遊助君に引っ越すことを知らせておかなければと、隣の部屋のチャイムを押す。中にいるかなと思いながら待っていると、ほどなくしてドアが開いた。

「おぉ、鈴奈ちゃん！　めちゃくちゃ久しぶり！　元気だった？」

「お久しぶり。引っ越しすることになったから、挨拶に来たの」

「え、どこに？」

「実は、加藤室長と同居することになって」

「まじで！　よかったじゃん。紆余曲折《うよきょくせつ》あったけど結ばれたってことだね」

「うん！　まだ実感ないけどね……」

「でもさ、ある意味俺って二人のキューピッドじゃない？　俺んちの声が聞こえたから、鈴奈ちゃんは兄貴に近づこうと思ったわけだし！」

「……どうかな」

苦笑いする私に、遊助君がドヤ顔をする。

なんか違うような気がするけれど、色々と励《はげ》ましてもらったのは間違いない。

「応援してくれてありがとう。これからもよろしくね」

「義理のお姉さんになるのを楽しみにしているから！　また何か美味《おい》しいもの食べさせてね」

「わかったよ、じゃあね」

遊助君と別れて、加藤室長が待っているマンションへと向かう。

お仕事で疲れているだろうから、何か甘いもの買っていこうかな？

◆

「あぁ……緊張します……」

「いつも通りにしていれば大丈夫ですよ」

先日、加藤室長が抱えていた大きなプロジェクトが成功し、経営企画室全体の朝礼で社長からお褒《ほ》めの言葉をもらった。少しゆっくりできることになり、有給休暇を取得して、私たちは彼のお母さんが入院している病院へと向かっていた。

二人で同じ日数休むので、もしかしたら安藤マネージャーあたりは勘づいているかもしれない。

お見舞いをしてから、温泉旅行に行く予定だ。

一緒に暮らしているけれど、旅行するのは初めてなのでとても楽しみ。

ずっと会いたかったので、お目にかかれるのは嬉しいけれど、とてつもない緊張感に、手の平に汗をびっしょりかいていた。

「鈴奈、リラックスです」

「だって加藤室長のお母さんに会うんですよ!」

アハハと楽しそうに笑う加藤室長を、ジトッと見つめた。

加藤室長と遊助君を産んでくれた人なので、きっと素晴らしい方だろう。

「鈴奈らしく明るい笑顔で挨拶してくれたら、それでいいから」

「はい……。でも、私との交際を反対されないでしょうか?」

「母は僕が考えて決めたことには反対しません。父は意見をしたがりますが、結局は母の意見を尊重します」

そう言って勇気づけてくれるが、庶民の私と大手企業経営者の御曹司である加藤室長の交際を、彼の両親は許してくれるのだろうか?

「もし反対されても、僕の気持ちが変わることはありませんから、安心してください」

「はい」

「さ、到着しましたよ」

私は深呼吸をして車から降りた。

大きな総合病院の中に入り、加藤室長に案内されてエレベーターに乗った。入院している病棟に到着すると、緊張が最高潮に達する。

加藤室長が、ノックをしてからドアを開けた。

「お母さん、誠一郎です」

「どうぞ」

柔らかくて品のいい女性の声が、室内から聞こえた。

加藤室長は私に目配せをしてから、先に部屋に入っていった。

私は中に入っていいと言われるまで、外で待つことにした。ドア越しに話し声が聞こえる。

「お父さんもいたのですね」

「ああ」

まさか社長まで一緒にいると思わなかったので、一気に体が硬直する。

……私、ちゃんとご挨拶できるだろうか。

「お母さん、体調はどうですか？」

「今日はとってもいいわよ」

「よかったです。先日伝えていた紹介したい人も連れてきています。中に入れてもいいですか？」

「ええ、もちろん」

病室のドアが開いて加藤室長に手招きされ、緊張しながら足を進める。

「失礼します」

部屋に入ると、社長とベッドの上の女性が一斉にこちらに注目した。

「初めまして。星園鈴奈と申します。あの、こちら、心ばかりですが召し上がってください」

私がガチガチになりながら、お母さんにお見舞いの品を手渡す。

「あら、わざわざありがとうございます。誠一郎の母です」

優しい声で挨拶してくれた。加藤室長のお母さんは、小柄で儚《はかな》げな、美しい人だった。

物腰が柔らかくて、思わずほっとする。

視線を横に滑らせると、社長が目を細めてこちらを見ていた。

「……君は、うちの会社で働いている子だね？」

社長が落ち着いた声で話しかけてきたので、私は言葉に詰まりながら返事をした。

「は、はい。経営企画室でアシスタントをしております」

加藤室長が私の背中をそっと押した。そして、真剣な顔で二人を見据える。

「彼女と真剣に付き合ってます。同居をしようと思っています」

「お前、年頃のお嬢さんと同居ということは……わかっているのだろうな？」

「もちろんです」

社長の瞳が、今度は私に向けられる。

ドキッとして怖気《おじけ》づきそうになったが、必死に堪《こら》え、社長の目をしっかりと見返した。

「誠一郎は社の将来を担《にな》う人間になってもらわなくてはならない。君は、そんな男と生きていく覚悟はあるのかい？」

それは今日まで、何度も自問自答したことだった。

でも、考え抜いた結果行きつくのは、やっぱり加藤室長を心から愛しているということ。一生添い遂げたい。この気持ちは、絶対に揺るがない。

「覚悟は決まっています。誠一郎さんを支えていきたいと思っています」

……って、まだ正式にプロポーズされたわけじゃないのに。

これじゃあ結婚したいと言っているようなものだ。隣に立っている加藤室長は、どんな表情をしてこの話を聞いているのだろう。

「あなた、誠一郎が選んだ女性なのだから信じてあげましょう。私たちのところに女性を連れてきたことなんてないじゃない」

お母さんが柔らかな声で社長に伝えると、納得したように頷いてくれる。

「確かに、そうだな」

「……あの、まだ正式にプロポーズをしていないので……、ちょっと早まらないでもらえませんか？」

加藤室長が困惑した様子でご両親に訴えると、二人は目を合わせて笑っている。

「鈴奈さん、あなたの気持ちを無視して先走ってしまって申し訳ないわ」

「い、いえっ」

愛する人と結婚できればそれはとても嬉しいことだけど、今日はまず交際を認めてもらおうと思ってやってきたので、若干パニック状態だった。

でも、加藤室長のお母さんの温かさに救われる。

「お体の調子はどうですか？」

私の言葉に、お母さんがにっこりしながら答えてくれた。

「実は、来週退院することになったの」

「おめでとうございます！」

「ありがとう。落ち着いたら、家にもゆっくりと遊びに来てちょうだいね」

「ぜひ、お邪魔させていただきます」

加藤室長が、私の背中にそっと手を添えた。

「じゃあ、そろそろ行こうか」

「はい。本日は突然お邪魔してしまい、申し訳ありませんでした。今後とも、よろしくお願いします」

私は二人に頭を下げて、加藤室長とともに病室を出た。

車に戻ってくると、ほうっと息をつく。交際することを認めてくれて、安堵で涙ぐむ。

運転席に座った加藤室長が、涙を零《こぼ》している私を見てぎょっとしている。

「どうかしましたか？」

「……ご両親に認めてもらえて、ほっとしたんです」

「相当緊張していたのですね」

加藤室長は微笑むと、彼の大きな手の平を私の頭にそっと置いた。

「はいぃぃ……受け入れてもらえるか、心配で……」

それでも泣きやまない私を、加藤室長はそっと抱きしめてくれた。

「お願いですから、そんなに泣かないでください」

「……はい」

「本当、可愛い……」

加藤室長は私の髪に、何度もキスする。それが心地よくて、私は彼の腕の中でゆっくりと目を閉じた。

……加藤室長のことが、大好き。

「鈴奈のお母さんにも、近いうちに挨拶に行かせてください」

「もちろんです。お願いします」

「なるべく早く行きたいです」

私の母には加藤室長とお付き合いをして、同居することを伝えてある。

心配そうにはしていたが、下着泥棒に入られて守ってくれたことを伝えると、母は一緒に住んでくれると安心だと言っていた。

「加藤室長……」

加藤室長の胸に顔を埋《うず》めて甘えると、背中に手を当てて少し力を込めて抱きしめてくれた。

「鈴奈は本当に甘えん坊ですね。温泉に行ってもたっぷり甘えられるので、まずは行きませんか？」

「は、はい」

加藤室長は苦笑して、私の背中をぽんっと軽く叩く。私は恥ずかしくなって、加藤室長から離れて視線を窓の外に移した。彼はそんな私を見てクスッと小さく笑い、車のエンジンをかけた。

旅館に到着したのは夕方だった。

どんなところを予約してくれているのか知らなかったが、車から降りると、目の前に広がる光景に胸がときめく。

こぢんまりとした旅館で、自然に囲まれている。

部屋は和室で、い草の香りが心地いい、落ち着いた雰囲気だ。なんと露天風呂までついている。

「素敵なお部屋ですね！」

今日はこれからここで二人でゆっくりできるなんて……夢みたい。

「一つ一つの部屋はあまり広くないのですが、お湯がとてもいいんです。料理もすごく美味《おい》しいので、ずっとここに連れて来たいなと思っていました」

「ありがとうございます。お部屋は、こぢんまりとしているほうが好きです。……だって、そのほうがすぐ近くにいられるので」

何か恥ずかしいことを言ってしまった。すると、加藤室長の耳が真っ赤になり、口元に手を当てた。

「ええ……そうですね」

浴衣《ゆかた》に着替えてのんびりしていると、夕食が運ばれてきた。

海の幸と山の幸を使った会席料理で、どれも繊細だ。味もとびきり美味《おい》しい。

アルコールも少しいただいて、ほろ酔いでとってもいい気分。酔いが回ってぼんやりしていると、加藤室長が私の目の前で手をひらひらと動かしていた。

食事を終え、加藤室長にぴったり寄り添って、うっとりとまどろむ。加藤室長は時折私のほうを向いて、唇に軽くキスをしてくれる。甘く、幸せな時間が流れていた。

「そろそろお風呂に入りましょうか？　せっかくの露天風呂なので、一緒に楽しみましょう」

「はい」

加藤室長が私の浴衣《ゆかた》の帯に手をかけて、解《ほど》いていく。

「自分で脱げるので大丈夫です……」

恥ずかしくて、勢いよく顔に熱が集まる。彼はそんな私の耳元に唇を寄せて囁《ささや》いた。

「まだお風呂にも入っていないのに、そんなに真っ赤にして……僕を誘ってるんですか？」

「そ、そんなつもりはありません……！」

あっという間に帯が解かれて脱がされると、彼は肩口をちゅうっと吸った。

「――っ、ずるい。私も加藤室長の浴衣《ゆかた》を脱がせたいです」

「は？」

彼はきょとんとこちらを見たけれど、お返しと言わんばかりに浴衣《ゆかた》を脱がせた。

鍛《きた》え上げられた体は何度見ても美しく、ドキドキしてしまう。

手を繋《つな》いで露天風呂に行くと、体を洗いあった。そして、ゆっくりとミルク色の湯に浸《つ》かる。

「あぁ、気持ちがいい」

加藤室長が後ろから抱きしめてくれ、お腹の前で手を組んだ。

肌が密着して、変な気分になりそう。

加藤室長も同じ気持ちだったのか、私の胸をゆっくりと揉《も》みしだく。

「あっ……ん……」

「声は我慢してください」

私は手を口元に当てて、コクコクと頷いた。しかし、快感のやり場がなくて、腰が揺れてしまう。加藤室長はそんな私を見て小さく笑うと、私の体を回転させて向き合わせた。

甘く蕩《とろ》けそうなキスに、あっという間に溺《おぼ》れていく。

「……あまり誘惑しないでください」

加藤室長が艶《つや》っぽい声で囁《ささや》き、私を思いっきり抱きしめた。

私たちの長くて熱い夜が始まったのであった。

ゆっくりと目を開けると、すでに朝になっていた。

お風呂で愛し合って、その後はお布団で……いつ眠ったのか記憶がない。

私は、加藤室長に後ろから抱きしめられる形で眠っていた。

幸せな夜だったなぁ……

寝返りを打って加藤室長に視線を送ると、彼もちょうど目を覚ましたみたいで、こちらを見ていた。

「おはようございます」

「鈴奈、おはよう」

手を伸ばして、頭を撫《な》でられる。

ゆっくりとキスをしてから起き上がると、加藤室長は浴衣《ゆかた》を着せてくれた。

彼は布団の上で正座をして、真っ直ぐ私を見つめる。なんだか真剣な様子の彼に、私も正座をした。

「大事な話があります」

「……はい」

「今年の十月、僕は副社長になります。そこでお願いがあるのですが……鈴奈に秘書になってほしいんです」

「えっ⁉　……私なんかで大丈夫なんでしょうか？」

「あなたとは仕事がやりやすいですし、なにより常にそばにいてほしい」

今の部署で働けなくなるのは寂しいけれど、私は加藤室長を公私ともに支えていきたい。

「迷惑をかけてしまうこともあるかもしれませんが、加藤室長が必要としてくれるなら、一生懸命頑張りたいと思います。よろしくお願いします」

そう言って頭を下げると、加藤室長の表情が柔らかくなった。

「よかった。ありがとうございます」

しかし、もう一度真剣な雰囲気になり、私はまだ何かあるのかと身構えた。加藤室長は鞄《かばん》の中から何かを取り出すと、再び目の前に座る。

手の平サイズの四角い箱の蓋《ふた》を開くと、そこには指輪が入っていた。

「……鈴奈、僕と結婚していただけませんか？」

飾り気がないストレートなプロポーズの言葉に、ポカンと彼の顔を見上げる。そして、少しして彼の言葉を呑み込むと、一気に顔が熱を帯《お》びる。

……大好きな加藤室長と結婚なんて、信じられない。

私がなかなか返事をしないので、加藤室長が顔を覗き込んできた。

「答えを聞かせてもらえませんか？」

「ふ、ふつつか者ですが、よろしくお願いしますっ」

私は再度、勢いよく頭を下げた。そんな私を見て、加藤室長は相好《そうごう》を崩す。

「ありがとうございます。なかなか返事をしてくれないので、早まってしまったかと思いました。これは婚約指輪です。結婚指輪は、一緒に選びに行きましょうね」

私の左手の薬指に、ダイヤモンドの石が埋まった可愛らしいリングがはめられた。

「鈴奈。あなたのことを一生大事にします」

「加藤室長……。私も加藤室長のこと、大切にします！」

指輪を撫《な》でながら加藤室長を見上げると、彼はなんとも微妙な顔をする。

「……加藤室長っていうのは、二人きりの時はやめましょう」

「そう、ですよね……。すみません。せ、誠一郎さん」

「鈴奈」

「誠一郎さん、好きっ」

私は膝立ちになって加藤室長の首に腕を回すと、彼は私を受け止め、ぎゅっと抱きしめてくれた。

これからは新たな人生を、愛する人と共に精一杯生きていこう。

二人を祝福するように、太陽の光が部屋に差し込んできた。

書き下ろし番外編

綺麗な空の下、あなたの隣で

鈴奈が秘書として働くようになって、もうすぐ二年。入籍して一年。

俺と彼女の馴《な》れ初《そ》めを聞かれるが、まさか『懲《こ》らしめようと思って近づかれた』とは……さすがに言えない。

一緒に働くうちに距離が近くなったとごまかしている。

夫婦関係は良好で、彼女は親しみを込めた口調で話してくれるようになったが、俺はどうしても敬語のほうがしっくりするため、いまだに敬語である。

ベッドの中で『誠一郎さん、敬語は禁止！』なんて、たまにふざけて言われてしまう。

その時は『鈴奈の感じてる声をもっと聞かせて』と甘みをたっぷり含んだ声で囁《ささや》き、愛撫《あいぶ》をする。すると鈴奈は快楽に負けて、からかうことをやめるのだ。

副社長の秘書に抜擢《ばってき》され、さらには俺との結婚。

当時は女子社員から嫉妬《しっと》の視線に晒《さら》されることが多かった。しかし、夫に恥をかかせたくないと持ち前の負けん気で勉強と努力を重ね、今では羨望《せんぼう》の眼差しを向けられる存在となった。

女性としても秘書としても妻としても輝く彼女に、結婚して一緒に過ごせば過ごすほど愛情が膨らむ。俺は毎日、出会えてよかったと思って生活をしている。

本日は出張で鈴奈と札幌に来ていた。取引相手との交渉が終わり、ビルから出たところだ。

何気なく空を見上げる。北海道の空はどうしてこんなにも美しく見えるのだろう。

感動していたが、妻は元彼との悲しすぎる過去があり、この地から逃げるようにして東京に来た。思い出して辛くなっていないだろうか。

鈴奈の実家へ挨拶をするため北海道に一緒に来た時は、切なそうな表情を浮かべていたのが印象的だった。その姿を見て、絶対に彼女のことを幸せにすると心に誓ったのだ。

横を見ると、鈴奈も空を見上げていた。

「大丈夫ですか？」

「え？　何が？」

俺の質問に彼女は不思議そうに首を傾げる。

「辛いことを……思い出してはいないですか？」

ふわりと笑って首を横に振った。

「もう完全に吹っ切れてるよ。空が綺麗だなって思ってたの。北海道にいる時はあんなに苦しかったのに、誠一郎さんが隣にいてくれたら、世界はこんなにも輝いて見えるんだなって……感動してた」

頬を赤くしながら話す彼女の姿を見て、胸が温かくなる。

どうしてこんなにも可愛らしいこと言ってくれるのだろうか。ますます彼女のことが愛おしくなり、抱きしめたい衝動に駆られた。

「それはよかったです。悲しい思いをしていないかと心配になって……」

「誠一郎さんは、相変わらず優しいね」

そう言ってそっと俺の腕に手を絡ませてきた。

上司と部下の関係が終わり、夫婦に戻る瞬間がたまらなく好きだ。

喜びを感じながらも感情をあまり表に出せないので、表情は動いていないだろうが照れている。

大きなプロジェクトを抱えていたから、夫婦水入らずでゆっくりする時間が取れなかった。このまま休めるところに行きたい。そこで俺はいいことを思いついた。

「鈴奈、明日は休日ですね。一泊しませんか?」

「いいの?」

「せっかくだから美味《うま》いものでも、愛する妻と食べたいなと思いまして。そして、明日、実家のお母さんに少し顔を見せてから帰りましょうか?」

「ありがとう。お母さんきっと喜ぶよ」

早速、北海道にいる知り合いに連絡し、札幌駅から車で一時間くらいのところにある定山渓《じょうざんけい》の温泉地に宿を手配することができた。

タクシーで移動する。北海道の美しい景色を楽しみながら行こうと思っていたのに、鈴奈は疲れたのか俺の肩に頭を乗せて眠っていた。

大自然の中に建てられていたそこは全室客室露天風呂付き。館内に入ると落ち着いた照明が癒《いや》しの空間を演出していて、木材の香りがした。

正面に視線を動かすと色づき始めている草木が目に飛び込んできた。その景色を見て鈴奈はため息を漏らしながら瞳を輝かせている。

「立派なところだね」

「なかなか予約ができないみたいですが、特別に用意していただきました」

「ありがたいなぁ。今度お礼しようね」

「ええ、そうしましょう」

チェックインを済ませて部屋に入り鈴奈は窓に駆け寄る。

「見て、誠《せ》一郎さん。テラスがあるよ！」

彼女に急かされてゆっくりと近づき景色を眺める。

外は見事な大自然。静寂に包まれており、耳をすませば風が吹いて葉が揺れる音と水の流れる音が聞こえてくる。とてもリラックスできそうだ。

窓を開くと澄んだ空気が入ってきた。鈴奈は胸いっぱいに吸い込む。

「露天風呂にゆっくり浸かって、火照《ほて》った体をここで冷やしましょう」

「いいね」

「ここの食事は評判なんですよ」

「そうなんだ。楽しみ」

満面の笑みを浮かべるが、いつもより食いつきがよくない気がした。

美味《おい》しいものが大好きな鈴奈だが、仕事の延長で来てしまったので、疲れが溜まっているのかもしれない。

改めて内装をチェックすると、低めのベッドと、大きめのソファーがある。和と洋がうまく融合した部屋だった。

「誠一郎さん、お茶でも淹《い》れようか？」

「お願いします」

ソファーに座って愛しい妻に視線を送る。手際よく準備をしてお盆に湯飲みを二つ載《の》せて近づいてきた。テーブルに置いて俺の隣に腰を下ろす。

さりげなく肩に手を回すと安心したように体重をかけてくる。

「最近ずっと忙しかったから、こうしてゆっくりするのは久しぶり」

「そうですね。大きなプロジェクトが終わって安堵しています」

彼女の柔らかい声を聞いていると全身の力が抜けていく。鈴奈の存在がいつも仕事で緊張している身や心を解《ほぐ》してくれるのだ。

「今日はゆっくりしましょう。たっぷりと愛してあげますよ」

妻のほうに顔を向けると、彼女は柔らかく微笑んで頷く。

この瞬間がいつまでも続けばと願ってしまう。

愛しさが込み上げてきて彼女の頬を指の関節で撫《な》でた。そのままゆっくりと顔を近づけると鈴奈は目を閉じてくれた。

唇を重ね合わせる。弾力があって柔らかな感触がたまらない。

舌を挿《さ》し入れると彼女も遠慮がちに絡めてきた。

キスが深くなっていき、最後までしてしまいそうな甘い空気が漂っている。顔が離れて至近距離で見つめ合い、額《ひたい》をくっつけた。

「ダメ……、ご飯食べられなくなっちゃう」

「……そうですね。お預け、ですね」

自分の感情を制御して彼女から離れた。

瞳を潤《うる》ませてこちらを見ているので、胃の辺りがかぁっと熱くなる。

結婚しても変わらず可愛い鈴奈に、自分のキャラとかけ離れているような表現をするがメロメロだ。

「うふふ、誠一郎さん残念そう」

「そりゃあ、可愛い妻を目の前にして……我慢というのは苦行に近いですが……。まあ、たっぷり時間があるので、楽しみは後にとっておきます」

鈴奈は楽しそうに笑っている。

このままだと押し倒したくなってしまうので、何か話をして気をそらすことにした。

「鈴奈が秘書としてサポートしてくれているので、いつも助かっていますよ。これからもずっとそばにいてください」

愛情を込めてそんな言葉を投げかけたが、浮かない表情をして笑顔を作っている。なぜか強張《こわば》っているようにも見えた。

「どうかしましたか?」

彼女は首を横に振る。

「もっと勉強しなきゃいけないなと思って」

何かを隠しているような感じがしたので、しつこいかもしれないが、もう一度質問を重ねた。

「本当にそれだけですか?」

「……色々と考えて想像したら心配と言うか……その……」

はっきりと言わないので困ってしまう。何か不安なことがあるのだろうか。仕事？それともプライベートのことなのか、わからない。

「溜め込まないで、素直に言ってください」

彼女の苦しみや悩みを聞いて少しでも軽減させてあげたい。そんな願いを込めながら優しい声で言う。

「……うん、ありがとう」

鈴奈 side

出張で北海道についてきた。副社長として仕事をする夫の姿には何度見ても惚れてしまう。

突然の提案で、旅館で一泊することになった。妻のことを大切に思う夫の心遣いだ。たまに彼はこういうサプライズをプレゼントしてくれる。

幸せな気分なのに私は上《うわ》の空だった。

生理が遅れていて、先日妊娠検査薬を試してみたところ陽性と出た。まだ病院には行っていないので確実ではないけれど、夫に伝えてから通院するつもりだ。

愛する人の子供を身ごもることができたと思うと、得体の知れない喜びが体中を駆け巡った。と同時に命の重さを感じ、私は母親としてやっていけるのだろうかと不安が押し寄せる。

彼なら懐妊を絶対に喜んでくれるはずなのに、心の整理ができず打ち明けられないまま今日を迎えてしまった。

いつまでも黙っているわけにはいかない。今が伝える絶好のタイミングだと誠一郎さんの瞳を見つめた。

「隠し事はしないという約束ですよ？　何か言いたいことがあるのではないですか？」

「はい、ごめんなさい。……しばらくの間、一緒に仕事ができないかもしれないです」

曖昧《あいまい》な言い方をしてしまう。幸福なことなのに、なぜ素直に口にしないのか自分でもわからない。

彼は眉間《みけん》に深くしわを刻んだ。

「どういうことですか？　他に好きな男でもできたのですか？　営業部の社員と親しそうに喋《しゃべ》っているのを見ましたよ。絶対ダメです。僕がいるのに」

悲しげに語尾を弱める。不謹慎かもしれないが嫉妬《しっと》してくれて嬉しい。ついつい頬が緩みそうになった。それどころではないのに、つい夫に胸キュンする。

私は大きく息を吸ってから言葉を吐き出す。

「驚かないでね。もしかしたら、妊娠したかもしれないの。そうなったら、しばらく仕事は厳しいかなって……」

彼の動きが停止する。部屋の中が静まり返り、時間が止まったのかと思った。

「誠一郎……さん？」

あまりにも黙り込んでいるので、思わず名前を呼ぶ。

「そうだったんですか！」

いきなり立ち上がっていつもより高めの声を発し、弾《はじ》けるような笑顔を浮かべていた。

「鈴奈と僕の赤ちゃんですか。楽しみで仕方がない。僕を父親にしてくれてありがとうございます」

「待って、誠一郎さん。まだ病院でしっかり検査をしてないからわかんないよ。妊娠検査薬で陽性と出たの」

「そうでしたか。嬉しい。……信じられない」

「きゃっ」

急に力いっぱい抱きしめられたので、変な声が出た。離れて私の手を握りしめながら、彼らしからぬ落ち着かない感じで話しかけてきた。

「だから、体調が悪そうだったんですね。心配してました。でも、懐妊とは、なんという素晴らしいことなんでしょう」

いつもより早口になり、冷静で穏やかな彼のテンションが明らかに上がっている。表情を見れば目も鼻の穴も全部が広がっていて、頬を真っ赤に染め、今までに見たことのない姿だ。

握られている手が若干震えていた。感極まっているのかもしれない。こんなにも喜んでくれるとは予想外だった。

少し落ち着いて呼吸を整えて、今後のことを話し合おうと二人で深呼吸をする。

「休んでいる間、代わりに働いてくれる秘書をまずは探さないとね。引き継ぎしなきゃいけないし」

「あぁ、そうですね。鈴奈と四六時中一緒にいられなくなってしまうのは切ないですが、今は体を大切にしてください。早速来週、病院に行きましょう」

満面の笑みを浮かべられ私の胸に温かいものが広がっていく。

「喜ばしいことなのに、どうして元気がないのですか？」

「私が母親になるなんて大丈夫かなって、ちょっと心配だったの」

彼は手をぎゅっと強く握ってくれた。

「夫婦二人で大事に育てていきましょう。鈴奈は一人じゃありません。僕がそばにいますから」

勇気が湧いてきて私は心からの笑顔を作ることができた。

仕事もプライベートも共にし、ほぼ二十四時間一緒にいるといっても過言ではない。

それでも私たちはお互い嫌になることもなく、むしろこの時間が永遠に続けばいいと思っていた。

出産となると仕事は休まなければならない。そうなった際、別の人に秘書業務をお願いする必要がある。

自分よりも有能で美しい秘書が誠一郎さんの担当になってしまったらと想像するだけで、驚くほど嫉妬《しっと》心が湧き上がる。

「……あまり若くて可愛い秘書さんはやめてね」

「え？」

突拍子《とっぴょうし》もないことを言う私に彼は理解不能というような瞳を向けた。

「心は奪われちゃ嫌だよ？」

誠一郎さんは穏やかに笑う。

「はは、嫉妬《しっと》しているのですね。そんな心配はいりませんよ。僕が愛しているのは鈴奈だけです」

夫は超がつくほど真面目で、絶対に他の人に心がなびかないとわかっているのに、ついつい そんな言葉を言ってしまったことに後悔する。

「ごめんなさい。信じているからね」

「こちらこそまだまだ愛情が伝わっていないのだと反省しました。もっとわかってもらえるように努力します」

瞳がキラリと光っているように見えた。

夕食後……露天風呂で体を丁寧に洗ってくれて、嫌というほど彼の愛情を受けたのだった。

そして次の日、実家に寄って母親に会ってから私たちは東京に戻った。

お腹に子供がいると伝えるのは病院で検査を受けてからにしようと、母にはまだ伝えていない。でもきっと妊娠していたら母は大喜びするだろう。

東京に戻ってからすぐの火曜日。

誠一郎さんは時間を作って一緒に婦人科へついてきてくれた。

忙しい彼に時間を取らせてはいけないので、一人で大丈夫だと何回も言ったが、どうしてもと頑《かたく》なだった。

診察の結果は、妊娠八週。

次回の診察の予約をして会計を待っていると、これから出産を迎える人向けの雑誌が目に入ってきた。可愛い赤ちゃんが表紙を飾っている。

私と誠一郎さんの間に子供ができたと思ったら、ひしひしと喜びが体中に広がっていく。本当に嬉しい。

会計を済ませて車の中に戻ってくると、誠一郎さんはまだ小さくて何も見えないエコーの写真を見つめて涙を浮かべている。

「……幸せすぎて、呆然としますね」

珍しく男泣きしている彼を見て、出産や子育てへの不安が薄らいでいく。

経験のないことだから心配になるのは当たり前で、ゆっくり母親として私自身も成長していけばいいのだ。

愛する人と愛の結晶を大切に育てていく未来が待っている。

一緒に旅行したり、家族でパーティーをしたり。

想像するだけでも幸せすぎる。

私たち夫婦のもとに赤ちゃんが生まれてくる日を心待ちにして、貴重なマタニティーライフを楽しみたい。

誠一郎さんが過保護にならないかちょっと心配。彼は溺愛タイプだから。

「鈴奈、愛してます」

「私も、愛してるよ。誠一郎さん」

お互いに顔を寄せ合って、唇を重ね合わせた。

エタニティ文庫

契約から始まる運命の恋!?

契約結婚のはずですが!?

神城《かみしろ》 葵《あおい》

装丁イラスト／つきのおまめ

エタニティ文庫・赤

文庫本／定価：704円（10% 税込）

派遣切りを宣告された瑠依《るい》。そんな時にやってきた、好条件の「子守り募集」に飛びつくと……なんと、子守りの相手は二十七歳の御曹司だった!?　そこからなぜか、瑠依は御曹司の千尋《ちひろ》と契約結婚するという展開に。愛も恋もない関係のはずなのに、予想外な彼の甘さに熱情が加わって……？

※エタニティブックスは大人の女性のための恋愛小説レーベルです。ロゴマークの色で性描写の有無を判断することができます（赤・一定以上の性描写あり、ロゼ・性描写あり、白・性描写なし）。

詳しくは公式サイトにてご確認ください。
https://eternity.alphapolis.co.jp

携帯サイトはこちらから！

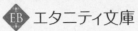

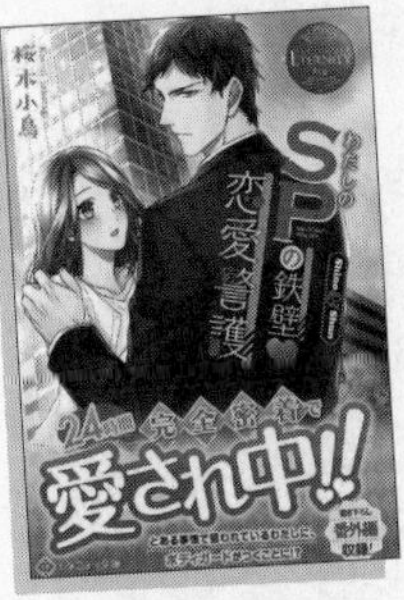

桜木小鳥
わたしのSPの鉄壁♥恋愛警護
愛され中!!

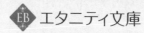

本書は、2019年10月当社より単行本「室長を懲らしめようとしたら、純愛になりました。」として刊行されたものに、書き下ろしを加えて文庫化したものです。


この作品に対する皆様のご意見・ご感想をお待ちしております。

おハガキ・お手紙は以下の宛先にお送りください。

【宛先】

〒150-6008 東京都渋谷区恵比寿4-20-3 恵比寿ｶﾞｰﾃﾞﾝﾌﾟﾚｲｽﾀﾜｰ 8F
（株）アルファポリス　書籍感想係

メールフォームでのご意見・ご感想は右のＱＲコードから、
あるいは以下のワードで検索をかけてください。

アルファポリス　書籍の感想　検索

ご感想はこちらから

EB

エタニティ文庫

御曹司《おんぞうし》を懲《こ》らしめようとしたら、純愛《じゅんあい》になりました。

ひなの琴莉《ことり》

2022年9月15日初版発行

文庫編集－熊澤菜々子
編集長 －倉持真理
発行者 －梶本雄介
発行所 －株式会社アルファポリス
〒150-6008 東京都渋谷区恵比寿4-20-3 恵比寿ｶﾞｰﾃﾞﾝﾌﾟﾚｲｽﾀﾜｰ8F
TEL 03-6277-1601（営業） 03-6277-1602（編集）
URL https://www.alphapolis.co.jp/
発売元－株式会社星雲社（共同出版社・流通責任出版社）
〒112-0005 東京都文京区水道1-3-30
TEL 03-3868-3275
装丁イラスト－亜子
装丁デザイン－ansyyqdesign
印刷－株式会社暁印刷

価格はカバーに表示されてあります。

落丁乱丁の場合はアルファポリスまでご連絡ください。

送料は小社負担でお取り替えします。


ISBN978-4-434-30850-5 C0193